DEZ CENTÍMETROS ACIMA DO CHÃO

FLAVIO CAFIERO

DEZ CENTÍMETROS ACIMA DO CHÃO

Rio de Janeiro, 2023

Dez Centímetros Acima do Chão
Copyright © by Flavio Cafiero
Copyright © 2023 da Starlin Alta Editora e Consultoria Eireli.
ISBN: 978-65-81275-68-6

Impresso no Brasil – 1ª Edição, 2023 – Edição revisada conforme o Acordo Ortográfico da Língua Portuguesa de 2009.

Dados Internacionais de Catalogação na Publicação (CIP) de acordo com ISBD

C129d Cafiero, Flavio

Dez Centímetros Acima do Chão / Flavio Cafiero. - Rio de Janeiro : Grupo Editorial Alta Books, 2023.
144 p. ; 13,7cm x 21cm.

ISBN: 978-65-81275-68-6

1. Literatura brasileira. 2. Contos. I. Título.

2023-1101 CDD 869.8992301
CDU 821.134.3(81)-34

Elaborado por Vagner Rodolfo da Silva - CRB-8/9410

Índice para catálogo sistemático:
1. Literatura brasileira : Contos 869.8992301
2. Literatura brasileira : Contos 821.134.3(81)-34

Editora **afiliada à:**

Faria e Silva é um selo do Grupo Editorial Alta Books.
Rua Viúva Cláudio, 291 – Bairro Industrial do Jacaré
CEP: 20.970-031 – Rio de Janeiro (RJ)
Tels.: (21) 3278-8069 / 3278-8419
www.altabooks.com.br – altabooks@altabooks.com.br
Ouvidoria: ouvidoria@altabooks.com.br

Estudos recentes

É que a baleia chega a aguentar noventa minutos sem precisar buscar oxigênio na superfície. Não desafia a vida, não é nada disso, brincar com as fronteiras é prazer genuinamente humano (sempre penso em você quando cruzo o trópico de Capricórnio na estrada), ainda que a baleia, segundo um estudo recente (sempre os estudos recentes para ajudar na confusão), ainda que a baleia tenha um nível de consciência bastante desenvolvido, não como o do porco, segundo a pesquisa, não como o do golfinho, não, a baleia tem um nível de consciência (não me peça para definir consciência, é um conceito que tem durado poucas semanas), a baleia tem um nível de consciência muito bom se comparado, digamos, ao do pato, ao do tubarão, ao do canguru, ou mesmo se comparado ao seu. Brincadeira, claro, você parece boba, mas sabe que vai morrer. E o fim pode ser bonito como um iceberg, aquela luz bonita se espalhando pelos cristais de gelo, aquele azul que não é azul, um clarão difuso, e uma baleia em apneia trombando a cabeça (baleia tem cabeça, sim, o membro é separado a ponto de ser uma cabeça), a baleia estraçalhando o cocuruto nos fundilhos de um bloco de gelo bonito, lindo mesmo de olhar, e aí é o sangue se infiltrando entre os cristais, já viu como é? Uma baleia em apneia também pode ficar bem confusa. Estamos no verão, afinal, e o verão é a estação da morte, embora nosso imaginário distorça os fatos para o lado inverso. Quem pensa em iceberg no verão? No verão os pedestres saem de casa com uma frequência maior, arriscam-se a atropelamentos de automóvel, deslizam o cóccix em corredores de shopping centers climatizados, levam um piano na moleira, parece piada, e ficam como a baleia, encravados em seus próprios icebergs. É no verão que adolescentes impetuosos se afogam na correnteza e senhoras bronzeadas acumulam silenciosamente melanomas sob a pele, e os casais entram com tudo em uma vitrine, com tudo mesmo, moto, bolsa, celular, aliança de noivado na caixinha, logo depois daquele aquecimento inocente em casa, vinho branco geladinho, beijos, avanços, e então precisam correr para garantir a reserva na área externa, e pronto. É no verão que os velhos se desidratam na praça, as criancinhas dormem esquecidas no banco traseiro, famílias inteiras são surpreendidas durante o sono e carregadas pela enxurrada, agarradas aos travesseiros, e até os ratos morrem sufocados entre as manilhas subterrâneas (e um rato, você já deve supor, não aguenta tanto quanto uma baleia). No verão os cemitérios ficam congestionados (os obituários estão lotados, não reparou?), os amigos precisam voltar da praia mais cedo porque o metido a corajoso resolveu se exibir na piscina. É uma merda o verão, e fora o calor, a umidade, a chuva no fim da tarde, e fora você reclamando do ventilador, e que passou um ano e nada de ar-condicionado, e que esvazio a garrafa d'água pelo gargalo, e que deixo as janelas abertas e molha tudo. Estudos recentes provam, é A mais B, tiro e queda, as análises não deixam margem, e nem sobra para dúvidas: o verão é perigoso, por bonito e divertido que seja. Mas como viver sem a merda do perigo, ao menos um periguinho, comer aquele legume exótico, abrir aquela porta reservada aos funcionários, subir a escada carcomida de ferrugem, quem vive sem isso, quem? Concordo, as ameaças podem se esconder em cenários menos óbvios, em coisas fofas, coisas brancas, coisas limpas, coisas invisíveis até, pense só na água que bebemos, no ar que respiramos, e em coisas treinadas e certificadas, como os motoristas de ônibus. Você já percebeu o absurdo que é colocar a vida na mão de um motorista de ônibus, parou para pensar que é um estranho mal pago, fodido, cansado, com sono, faminto, e você lá dentro, pendurada? Então não tenha medo, o universo é candidato à tragédia, tudo, tudo, não se preocupe com isso, você vai aguentar, a gente já passou por cada uma, sua mãe já foi, seu pai já era, você não tem irmãos, suas amigas falam mal de você, sobrei eu (somos eu e você até que a morte nos separe), e sobrou esta casa, tão cobiçada pelos vizinhos, jardim, lavanderia, quarto do bebê, vazio, sótão gostosinho como os dos filmes e, claro, a piscina. Piscinão. Piscinaço. Puta merda, que água gelada, eu falei para não economizar e instalar um aquecedor decente, a gente nunca pensa no inverno ou nessas frentes frias fora de época, a gente não pensa na morte e em como deve ser reconfortante partir quentinho. A morte pode ser lenta, devagar quase parando, matreira. Pense na morte sendo extraída de uma mina qualquer, sendo processada e fundida, comercializada em placas, e refundida, e moldada em peças, e montada, e depois comprada no varejo, e carregada, e engatilhada, e depois disparada bem perto da têmpora. Bem devagar (e isso sem pensar nos milênios que o ferro demorou para existir), bem devagar, a danada vem sendo arquitetada desde sempre. A morte pode ser gerada, nascida, e criada, e nutrida, engordada e sacrificada, e picotada, embalada, congelada, e finalmente temperada, marinada, esquecida fora da geladeira, e pronto. Mas a bendita também pode ser sonhada, planejada, desenhada, escavada, azulejada e preenchida com água até a linha azul. Piscinão. Piscinaço. Eu gosto de contar como minha irmã morreu, porque não tem coisa mais linda (sei que você me acha repetitivo, que recorro sempre às mesmas histórias), e vamos ver se dá tempo de eu contar mais uma vez, aguenta firme aí. Um dia perfeito, mesa posta e pão crocante, ar da montanha, vinte e um graus, e minha irmã com o namorado, descendo a serra no carrão novinho (extraído, fundido, comercializado em placas, montado, anunciado, comprado a prazo), minha irmã sentada no banco do carona gritando: caralho, olha só quanta borboleta amarela! Som nas alturas (bem lento: insight, composição, ensaio, fita demo, contrato na gravadora, arranjo inovador, mp3), e a voz no limite, *you've gone to the finest school, all right, Miss Lonely*, sotaque exagerado, pronúncia embolada, mas tudo bem. Os insetos sofrem no período seco (insetos hibernam?), e quando chegam as chuvas irrompem como se o mundo fosse acabar (os insetos sabem das coisas, é uma forma de consciência), e num piscar são milhões de asinhas amarelas invadindo as estradinhas bucólicas, várias borboletinhas se espatifando contra o para-brisa, puta sacanagem, acabaram de chegar e já se esborracham, e o garotão com o pé no acelerador, e a bendita ali, de tocaia, camuflada de alegria e de borboletas. E o namorado abre a janela, põe a cabeça para fora e grita a felicidade e o tesão, registra o momento para quem possa ouvir, e as pessoas torcendo o pescoço para ver o carrão que passou, olha, escuta isso, acabou de passar um doido gritando, e minha irmã faz o mesmo, escancara o vidro, canta alto, *how does it feel, how does it feel*, e abre os olhos para ver a morte chegar, sentindo o vento inflar as pálpebras, tremular o rosto, alisar o cabelo, e um besourão vem voando escondido entre as borboletas frágeis, um besouro feliz de tanto verão e água, perfurando a gelatina do olho castanho da minha irmã, uma flecha de proteínas bem no alvo direito. Estúpido, não? Acasalamento, ovos, eclosão, pupa, asinhas, zunidos (espécie rara, rezam os estudos recentes), sei lá se é assim mesmo que os besouros nascem, e então a morte. Sexo burocrático, acompanhamento médico, fecundação, compras no exterior, que lá tudo é mais em conta, cesariana, amamentação, escola, e a primeira paixão na faculdade, e, então, a morte. Irmã e besouro, morte para os dois lados. É o verão, não falei? Agora pensa no moleque engolindo o alfinete de ursinho porque a mãe foi fumar lá fora (a bendita também está nas coisas fofas, esqueceu?). Não vai dar tempo, certo, muito bem, nós aguentamos bem menos que noventa minutos, bem menos que as baleias. Você está chegando ao limite, vai ver de perto a bendita encharcada e com cheiro de cloro, mas não sou eu que vou decidir, eu sou um cagão, tenho medo da polícia, sou claustrofóbico demais para uma cela de penitenciária. Você está de olho aberto ou fechado? Ah, coisa linda ver você arfar e engolir todo o ar que puder. Estudos recentes dizem que experiências limítrofes nem sempre são capazes de moldar uma personalidade ou causar traumas, nem sempre as coisas desentortam, mas tenho lá minhas esperanças, meus próprios travesseiros, fodam-se os estudos recentes. Pronto, já deu. De qualquer forma, já deve ter um câncer lindo brotando aí no peito, bem lento, célula um, célula dois, corrente sanguínea, pulmão direito, pulmão esquerdo, e vou saber esperar. Já está acabando, isso, isso, isso, agora vem, pode subir. Respira fundo. Agora me conta, vai. Agora me conta como é.

O atirador de facas

E arrumei todas sobre a bancada, uma ao lado da outra, da maior pra menor, três vezes lavadas, cada uma delas, e cada selo de garantia removido com paciência, o brilho nas lâminas, muito bem secas, o vermelho dos cabos, alinhados, paralelos, e examinei o conjunto. Bonitas. Recolhi uma delas e guardei na gaveta, a de cortar pão, e ficou um vazio entre a primeira e a segunda. Empurrei a da ponta e o vão fechou. Examinei o conjunto mais uma vez, agora com seis. Estavam perfeitas, equidistantes, mas não parecia totalmente certo. Abri novamente espaço, empurrando a da ponta pra esquerda, e resgatei a de pão, e realinhei tudo. Agora sete outra vez, e sete era um número bom. Uma bobagem, mas ajudou a trazer a paz de volta. E não importa se a de pão não for usada, o importante é a coleção, e a impressão que vai causar, o que vale é a certeza de que tudo vai dar certo. Senti aquele arrepio percorrer a barriga. Devagar, crescendo. Você sabe como, desde o peito até a virilha. E minha mão esquerda se jogou automaticamente entre as pernas. E apertei.

Apertei mais. Uma dor gostosa. E a imaginação já ia avançando, junto com a dor, mas um pouco só, porque o interfone tocou. O primeiro toque mal chegou a soar completo, meu estado de atenção estava alto, como nunca esteve, e então atendi e disse ao porteiro pra deixar subir, obrigado, e o porteiro nem chegou a dizer nada, eu acho. Deixa subir, repeti, ou pensei, ou murmurei, como num filme, interpretando minha própria ansiedade. Ansinhedade. An-si-nhe-dade. E um passinho de dança pra estampar minha excitação, exibir minha excitação pras facas, que fosse, ou quem sabe pra algum vizinho curioso. Curinh, cu-ri-nhoso. Deixa subir, deixa o rapaz subir. Corri até a porta de serviço pra ter uma impressão geral da cozinha, a primeira impressão, e ajeitei o tapete de borracha em frente à pia, pendurei os panos de prato nos ganchos e em seguida refiz o trajeto lógico do apartamento. Aqui é a sala, o abajur já aceso pra iluminar o canto à medida que a tarde caísse, a casa cinza e vermelha do jeito que eu queria, aqui é um lavabo pras visitas, quadros de vários tamanhos espalhados pelo corredor, exaustivamente desnivelados, e um canhãozinho de luz iluminando o quadro maior.[1] E ajeitei o quadro maior, um pouco torto pra

1 ... uma ladeira de paralelepípedos com uma mancha de sol no meio, você desce até o fim, a vida toda, você vira à direita e encontra o café, tem um banco azul na frente, o melhor da cidade, e num tempo que não tinha máquina de espresso por aqui, as arvorezinhas de folha roxa e a praça toda coberta de roxo, foi ele que reparou no pintor, na esquina, olha como é alto aquele velho, o chapéu de couro fedido de estrume, a igreja cheia de detalhes, os traços do céu tão suaves, o campanário comprido, tão colorido, tão real que era capaz da gente aparecer no canto, de trás dos arbustos, o tio faz desconto, sim, faço preço

direita. E aqui é o quarto, um tamanho bem adequado, su-fi-ci-nhen-te pra um homem solteiro, e ali uma espécie de escritório. Deu tempo de voltar à cozinha e treinar um sorriso na frente das lâminas. E um fio de suor que eu sequei, os dentes limpos. E então a campainha tocou. Deixa subir. Corri na ponta dos pés, escorei o corpo no batente da porta, joguei o peso das mãos no batente, como se fosse possível, daquele jeito, transferir o quente que eu sentia no rosto, ou como se fosse possível amansar a tremedeira. A respiração presa. Tentei relaxar fechando os olhos. E não tive coragem de olhar pelo olho mágico pra conferir se era você, dis-tan-ci-nhei os pés da porta, distancinhei um passo atrás pra você não perceber a sombra no chão, não perceber que eu estava camuflado do lado de dentro, esperando o segundo toque. E você tocou de novo, e então eu abri. A sua boca já puxava o ar, já ia dizer boa-tarde, eu cheguei a ver o boa-tarde na ponta da língua, e a sua boca estancou, os olhos estancaram em seguida, e piscaram três vezes, rápidos, não sei se pra confirmar o que estava vendo, não sei se pensando no que dizer. Eu precisava ter filmado a sua surpresa, uma surpresa ge-

---

de ocasinhão, e a gente quase riu da ocasinhão, ou o tio pode pintar outro menor pra vocês caber na mala, o bolso da bermuda revirado, atrás do dinheiro pra emergência, e aquela emergência toda, o quadro, as folhas roxas, a ocasinhão, o cabelo cheio, do fim das férias, quase no ombro, e mais mochileiros chegando na praça, o dinheiro não dava, e ele inteirou e comprou o quadro, comprou pra gente, as gargalhadas dele, a gente nem bebia muito na época, a moldura do quadro carcomida, feia, vocês vai ficar satisfeito, o velho falando alto, volta um dia pra contar, meninos, que o tio sempre fica aqui na praça, e bom carnaval, uma boa vinhagem pra vocês...

nuína, eu precisava. E também queria ter filmado a minha, perfeita. E foi perfeito o momento. O silêncio comprido, os olhos, você na minha frente, as bochechas menos bolachudas, o cabelo raspado nas laterais, apenas uma barriguinha que antes não existia, e de resto era você mesmo. Você mesmo, as mesmas orelhas, os pés pra fora. E o perfume também, muito parecido, talvez até o mesmo.[2] E o perfume entra na casa antes de você. Depois foi sua voz, também a mesma: é uma coincidência, não é? Por favor, diga que é coincidência. E eu tremi a voz de um jeito tão convincente que, perfeito, quase engano a mim mesmo: meu deus, é você, mas que conhecidência. E foi como se eu fosse um ator de verdade, ator de teatro, desses que encadeiam uma emoção na outra e mergulham na vertical, cavam fundo até dar com uma emoção primitiva e escondida, e que passa a valer como genuína. Seis, não, sete, oito anos, deixa eu te dar um abraço, vem cá. Parecia cena ensainhada, mas você não notou. A ameaça de movimento, aquele

2 ... uma boa vinhagem, e entramos na venda, o cheiro de limão espalhado, perguntamos o que era, eu quis comprar o perfume pra ele, retribuição mixuruca, presente bobo esse seu, e eu ri, mas mandei ele pra puta que pariu, não tinha mesmo dinheiro, e a gente riu junto, e pedimos um café pra comemorar, o melhor café da cidade, a gente nem bebia tanto café na época, mas veio a ideia da cachaça, a gente precisa comemorar o fim das férias, e o quadro, a gente junto, e o nosso apartamento novo, a saída de casa, nossas faculdades, nossas empresas, nossas fortunas, ele não parava de falar, nunca foi tão divertido, a gente correu na pousada e pegou dinheiro, comprou mais pinga, e eu disse que precisava guardar pra sempre aquela ocasinhão, e ele riu mais ainda, volta um dia pra contar, meninos, que o tio sempre fica aqui na praça, boa vinhagem, e rimos, e dissemos coisas como vinhadagem, cinhanureto, bainhoneta, e nunca mais paramos de brincar com as palavras...

vai não vai, as risadas escapando pela boca, e um desconcerto, até eu te abraçar, e você também me abraçou, e seu perfume era praticamente o mesmo. Eu trazia você, bem pra perto de mim, de volta. Eu apertei. E apertei mais. Difícil dizer quanto tempo nós ainda ficamos ali, do mesmo jeito. E você afagou a minha cabeça com uns tapinhas, o jeito de sempre, saudade, e se afastou de mim, acho que pra poder me ver ou tomar um ar da emoção. Afinal, você estava aqui pra trabalhar. Você iniciou um discurso animado, o cozinheiro fantasma chegou, preparem tudo para o chef invisível, e qual vai ser o evento, e é namorada nova, e será que vai pedir a mão hoje, hã?, ou é visita do chefe, ou cliente, coisa de trabalho? Eu soltei uma risada, e fiquei impressionado em ver como você está divertido, você leva jeito, parecia saído de um desses canais de televendas que eu gosto de assistir de manhã. Muito bom, eu ria muito. E você sorriu quando viu a cozinha arrumada, os recipientes, as travessas, os medidores, o processador, o frango orgânico, o leite fresco, e todo o resto, a lista completa tirada da geladeira com antecedência pra perder o gelo. E as facas, claro, as facas. As facas, as facas. Olha o jogo de facas que eu comprei. As facas ganharam elogios. As facas eram as melhores, são alemãs, não perdem o fio nunca. Mas você contou que era mentira, que facas perdem o fio, qualquer uma. Eu relevo, eu não disse o que o vendedor explicou, resolvi não esclarecer a tecnologia contida naquelas facas, você era o chef, afinal. E, afinal, você veio. Passou. Você parecia surpreso com o meu entusiasmo e insistia: tudo bem, você não vai mesmo dizer pra quem vamos cozinhar e qual é a grande ocasião? Eu senti um arrepio quando você falou. Eu ouvi bem? Ocasinhão? Ouvi? O-ca-si-nhão? E mais risadas. Você não lembra? O-ca-si-nhão? Mas você não entendeu, não lembra. Você esqueceu? Parece o mesmo, esquece as coisas, sempre esquecido, esquecia tudo. Mas preciso falar a verdade, e vou dizer: não gostei de saber que você esqueceu da nossa brincadeira. Eu devia ter dito na hora, mas segurei, amarrei na boca, eu não gostei, apertei os dedos. E apertei mais. Os dedos estalaram, eu gosto. E você ainda olha o relógio na minha frente, de um jeito brusco, como se tivesse pressa no nosso reencontro. Grosseria, a sua. E então foi colocando o avental, e jogando um avental igual ao seu pra eu amarrar na cintura, avental com logotipo do cozinheiro invisível, avental com endereço eletrônico da empresa do cozinheiro invisível, e foi deixando o celular na bancada, e a carteira do lado, e as chaves do carro, e foi lavando as mãos, secando as mãos, e alongou o braço, já foi desempacotando o frango orgânico, cheirou as cebolas nanicas previamente descascadas, examinou a páprica e viu que era páprica doce, e a cúrcuma moída e misturada com azeite e pimenta-do-reino, é que assim as propriedades nutritivas são liberadas com mais potência, e me elogiando por ter comprado tudo direitinho, a qualidade dos produtos, e tem gente que não escolhe o prato na página do cozinheiro invisível com antecedência, tem disso, e tem gente que pede pro chef fazer milagres com a despensa quase vazia. Foi dizendo, foi dizendo. E quando você olhou na minha direção, eu já sentado na cadeira observando tudo, e embrenhado na sua voz, chocado e próximo do choro, você parou. Parou tudo. Eu não tentei disfarçar. Eu não prendi uma gota, não, não podia prender, não conseguiria prender. Torci a ponta do avental e apertei forte. Apertei mais. O que foi? Você se machucou? Você quer fazer outro prato? Não tem problema, a gente improvisa, irmão. Irmão? Irmão. Eu disse alguma coisa errada, irmão? Ou será que você deixou de comprar algum ingrediente? E por um instante eu sorri por cima do choro e repeti em voz alta, alivinhado: ingredinhente? Mas não adinhantou. In-gre-di-nhente? Mas você esqueceu, esqueceu mesmo, você esqueceu a nossa brincadeira. E tentou descontrair, perguntando como ia minha vida, quis que eu me levantasse e preparássemos o prato juntos. E o objetivo era este, afinal, quero que você aprenda a fazer direitinho pra poder repetir outro dia, e foi contando como foi que a empresa começou, e contou das primeiras vezes, cada casa estranha, uns clientes muito loucos, vou te dizer. E eu reagi como se não soubesse. Reagi como se ouvisse as novidades. Não, eu não sei em que ano você abriu a empresa. Não, eu não sabia que você tinha uma sócia. Não, eu não vi reportagem nenhuma, não, eu não conheço essa revista, nunca li, eu não podia imaginar que o futuro engenheiro viraria chef de cozinha e que pudesse ser tão bem-sucedido e que, e que, e não, não, não, eu não sabia de nada da sua vida. Veja isso, eu não sabia. É tudo uma grande conhecidência, ainda. E eu até me esqueci da sua indelicadeza, esqueci que você esqueceu das nossas brincadeiras, esqueci por um momento de tudo, de tanto ouvir e me surpreender com o que você contava sobre a sua vida. Deve acontecer algo assim com os atores no palco, tudo verdade e tudo fantasia. E enchemos a panela com os ingredinhentes. Você desenvolveu uma habilidade espantosa com as panelas, vou te contar, e o jeito de jogar os temperos, tudo de um jeito. Você não cozinhava assim, eu disse. Ou então eu não lembro, eu disse. Não, você não cozinhava tão bem, eu disse de novo. Mas você não tomou minha observação como um elogio, você agora não entende nada do que eu digo. Você ficou sério. Foi por aquilo? Você ficou sério porque eu disse que não lembrava? Porque eu disse que não lembrava que você cozinhava assim? Você não lembra da nossa brincadeira, e também não vai lembrar que um dia já planejamos morar juntos, e não vai lembrar que planejamos fazer uma casinha pra sua mãe vir uma vez por mês e trazer o cachorrinho. Não lembra, não lembra, e vai desconversar o tempo todo. Você não vai lembrar da viagem, da nossa vinhagem, do nosso carnaval.[3]

3 ... e nunca mais paramos de brincar com as palavras, rimos a noite toda, e nunca bebemos tanto na vida, e voltamos pra cochilar, ainda cedo, já escurecendo, rimos mais, e bebemos mais, e deitamos na mesma cama, apertamos um, dois, três, e rimos e bebemos, e apertamos mais, olhávamos pro quadro e ríamos, e rínhamos, deitados na cama, brincamos com as pessoas na rua, a janela escancarada, e ele fazendo sucesso com as meninas, o carnaval chegando na janela, um bloco chinfrim na janela, taca-tão / taca-tão / prende aqui na minha mão / taca-tão / taca-tão / prende aqui na minha mão / eu quero ver você correr / eu quero ver você volver / e taca-tão / taca-tão / vai descendo até o chão, e ele se lambuzou com o perfume novo, que eu voltei e comprei, contando as moedas, e ele deitou na cama, quase bebeu perfume, e foi assim a noite toda...

Você vai dizer que não lembra de nada, e eu vou insistir, enquanto descascamos e picamos, e você vai tentar me convencer que não lembra. E eu não posso esquecer um detalhe? Só um? Eu esqueci um detalhe, só um. E você desconversa, você desconversou o tempo todo, desviava das minhas lembranças: eu preciso me concentrar, não quero desequilibrar os pratos, irmão. E você tão sério. E eu também, tão sério. Sérios. E depois você foi ficando menos sério, foi esquecendo de ficar sério, que bom, e não ficou mais sério. Passou. Eu até voltei a sorrir por um instante, e mexemos juntos o molho, nos debruçamos sobre a frigideira pra sentir o cheiro, e nossos braços praticamente dançaram, nós pegamos ritmo, os dois, e os aromas, os cheiros, você querendo me ensinar coisas demais pra um fim de tarde, vai com calma, e de repente você largou tudo, você apertou meus ombros e disse: relaxa, irmão. E nessa hora, sua mão nos meus ombros, eu com a mão na faca, eu querendo aprender como se corta uma cebolinha do jeito que vejo nos programas de culinária que assisto de manhã, tac-tac-tac, tudo cortadinho nos milímetros dos milímetros, e você com a mão no meu ombro, ainda, e perto, muito perto, me parabenizando por tudo, meus parabéns, e viva, e esfregando o meu ombro, você aprendeu mesmo como se faz. Apertei o cabo da faca. E apertei mais. Não acho seguro você me segurar pelos ombros enquanto tenho uma faca na mão. Então eu largo a faca, me viro e pergunto: você lembra do quadro, não lembra? E eu não espero você fingir que não lembra, eu disparo até o corredor e carrego o quadro para a cozinha, eu quero ver os seus olhos diante do quadro. Coloco você de frente pro quadro e aperto a moldura, torcendo, e apertei, apertei, e eu sei que você lembrou daquele quadro, daqueles dias, daquela noite. E o cozinheiro invisível diz: quadro bonito, onde é? Um silêncio. O chiado da panela de pressão, a frigideira no fogo, esperando as cebolas, esperando, esperando. Nada. Nem uma piscada. Nada. Não piscou. Nada, não é nada. Este quadro não é nada, eu digo. Eu acho que confundi. E mais silêncio. Você não está confortável. Eu vi a emoção na boca, pronta pra ser dita, o quadro no fundo dos seus olhos. Eu sei. Bobagem, eu devo ter confundido, não era você, eu penso em dizer de novo, mas não digo. Eu espero o silêncio cair mais um pouco e cobrir você todo, deixo você acalmar o turbilhão que devia ter por dentro. E começo, baixinho. Taca-tão / taca-tão / prende aqui na minha mão / e taca-tão / taca--tão / prende aqui na minha mão / eu quero ver você rodar / eu quero ver você dançar / e taca-tão / taca-tão / vai descendo até o chão. Você tá bem? Você pergunta se eu estou bem. E foge pra panela de pressão, foge pra dentro da minha frigideira, me esconde os olhos, filho da puta, eu não vou suportar isso, eu precisava sair de perto de você. Eu sei que você lembra de tudo, filho de uma puta. Do quadro, da brincadeira das palavras, e da música, lembra de tudo. Eu preciso ir ao banheiro, precisava ir ao banheiro, precisava sair de perto de você. Eu te espero, você diz de costas, e esconde a cara: enquanto você vai ao banheiro eu quebro esses ovos aqui. Eu saio. Você diz que me espera pra acabar de cortar a cebolinha, diz que vai quebrando os ovos pra sobremesa, e eu vou até o quarto, vou até a janela do quarto, de onde posso ver a área de serviço, de onde vejo você me esperar, ali atrás, na cozinha, na bancada da cozinha. E o seu jeito de limpar as mãos no avental, escorregando as costas das mãos pela barriga até a virilha, e depois voltando com a mão espalmada.[4] E é o que eu faço também, sem poder me segurar, eu desço a mão pela barriga e espero você quebrar ovo por ovo, cada um deles, a gema e a clara, gema ali, clara aqui, e que bela sobremesa vai dar, e nós dois vamos comer, nós dois vamos comer logo mais, juntos, depois de sete anos, dez meses, vinte dias. Faz tempo. Taca-tão / taca-tão / prende aqui na minha mão / eu quero ver você rodar / eu quero ver você dançar / e taca-tão. É isso que você está cantarolando? É isso? Está cantando enquanto eu estou longe? Você não queria que eu visse você cantar a musiquinha? É? Você não queria que eu soubesse que você ainda canta essa merdinha de música? Sei, sei. E você passa as costas do braço pela testa, seu merda, e busca o avental pra limpar qualquer coisa que te incomoda no rosto, e nosso olhares se cruzam, você me vê na janela, observando. E eu, um sorriso. Taca-tão / taca-tão, eu cantei, sem voz, esticando o contorno dos lábios pra

4 ... e foi assim a noite toda, brincou de ficar de cueca, e ficou de cueca na janela, passando a mão no peito, e pela barriga, chegando na virilha, depois voltando, e aquelas meninas, a mulherada, o bloco, até eu começar a fazer igual, e fazer nele, cheios de apertar, cheios de rir, e de perfume, nós dois na mesma cama, até eu começar a fazer nele, ele em mim, no peito, na barriga, até chegar na virilha, e depois voltar, até adormecer do meu lado e eu continuar a fazer aquilo tudo, aquilo tudo, até chegar lá embaixo, e voltar...

que você lesse. O rosto sério outra vez. O seu rosto, sério. Outra vez. E me afastei da janela e voltei pra cozinha, cantando baixinho, os batimentos acelerados, você na porta da cozinha esperando com o pano de prato na mão, e eu paro diante de você, tão perto. E você abre seu sorriso, e eu já parei de cantar, eu mal lembrava da cor tão esverdeada dos seus olhos, até me confundia, custava a lembrar se eram verdes, ou será que castanhos bem claros. E você me olhando de frente, decidindo se eu era perigoso. E o seu sorriso se transformando num riso frouxo, sabe como? E foi afrouxando esse riso, se descontrolando e tentando se controlar de novo. Você me mostra onde é o banheiro, irmão? E eu mostrei. Você entrou no banheiro apressado, foi se cagar, foi lavar o rosto, e eu nem consigo entender como fui tão rápido. A porta da frente, trancada. As chaves das portas, no fundo da gaveta. O painel de luz, pac, pac, pac, pac, a luz da cozinha, pac, a luz da sala, pac, a luz do corredor, a luz do banheiro. O que foi isso? A luz apagou, você gritou. A luz apagou, irmão. Tudo bem aí fora? O fio do interfone, cortei. Eu cortei o fio com a faca de pão, e a faquinha de legumes, ainda cheirando a cebola, eu trouxe comigo, está aqui. Filho de uma puta, você. Vai forçar as portas, eu sei. Vai tentar o porteiro, eu sei. Já tentou acender as luzes e vai procurar seu celular, ele está aqui no meu bolso, e vai procurar as facas, vai pensar em gritar, e talvez tropece no nosso quadro, talhado, a nossa ocasinhão inesquecível, irmão, todo talhado à faca, não vai ver o quadro, e não vai me enxergar, nem vai me ouvir. Só o chiado da panela, chinhado, eu tô escutando, o cheiro de queimado já chegando, junto com você. Taca-tão / taca-tão / prende aqui na minha mão / eu quero ver você fugir / eu quero ver você sumir / e taca-tão / taca-tão / vai descendo até o chão. Lembra? Eu vou dar mais uma chance, um minuto mais. Lembra de tudo ou não? Não é bom esquecer das coisas tão perto, irmão. Eu tenho uma faca, irmão, bem aqui na minha mão.

Cão

Um cão estava lá, mas o relato não é sobre ele. O cão era um cão de rua, comia restos das refeições servidas nos restaurantes, alguns comerciantes o alimentavam depois da hora do almoço, e ficou roliço, perninhas curtas, manquitola, orelhas pequenas, malhado de preto e branco, e quarava a barriga na grama quando a sombra da igreja matriz deixava a praça central, e aceitava os afagos de turistas ávidos por memórias afetivas de bolso. Sujeito vê um urubu no muro do quintal e a tia morre na semana seguinte, sujeito cata uma joaninha na jardineira da varanda e é um tempo de bonança à vista, um gato preto cruza a frente do carro e nem queira saber, pode ser até que sujeito perca o emprego. E pavão é namoro iminente. Sapo é um segredo revelado. Gafanhoto é aquele dinheiro pingando na conta pra saldar as dívidas. Tem dessas coisas. E um cão? E muitos cães?

Os cães daquela cidade tinham o pelo bem tratado e brilhante, parecia que alguém os escovava diariamente, não fediam, não tinham feridas, e lambiam-se, e davam dicas uns para os outros, conheciam--se de vista e de rabo, e à noite desapareciam como se tivessem casas, como se encerrassem o expediente. Não sei onde todos aqueles cães passavam a noite. O relato não é sobre esses cães, mas eles viviam por lá, sem uivar, sem latir, sem mostrar os dentes, domesticados por uma multidão de donos, boa parte rotativa. Há histórias de cães que se lembram de turistas do ano anterior, esses visitantes que se apaixonam pelo ar colonial do casario à beira-mar e retornam toda temporada de férias, e alguns cães costumam fazer tocaia na porta das pousadas, contavam esses casos por lá, não sei se é verdade. Há histórias de cães que desapareceram para sempre e que teriam sido seduzidos por viajantes de coração mole. Os cães daquela cidade confiavam em qualquer um, é mesmo, mas também eram uns abusados, se deitavam no meio da ponte de acesso ao centro histórico, e também em frente aos calçamentos rebaixados das garagens, e cochilavam nas escadas estreitas dos prédios públicos, nos caminhos, nas saídas, nas entradas. Todo mundo respeitava o querer dos cães, ninguém enxotava, pulavam os bichos com cuidado para não pisar e até diminuíam o volume da voz. Cão no caminho é aviso de quê?

Camisa xadrez azul com vermelho, calça black jeans larga e surrada, sapato de couro marrom desgastado na frente, cabelo não muito curto cobrindo as orelhas e repartido para o lado, nariz grande na justa medida do rosto, pele clara e bem tratada, expressão forte, vincos profundos entre a boca e as maçãs do rosto, uma atitude neutra de quem acabou ficando por ali, mas poderia não ter ficado, cerveja na metade, dois copos, companhia feminina, mesa de ferro, cadeiras mal equilibradas na rua de pedras irregulares, jaqueta de veludo cinza no colo. O de xadrez lançou um olhar tímido, eu esperando a Marina ir comprar cigarros lá dentro no balcão, e olha que nem fumar a Marina fumava, mas deu vontade justamente ali, duas garrafas de vinho vertidas no jantar e o frio aumentando, uma da manhã, uma e meia, os restaurantes fechando um depois do outro, a batucada moribunda na praça. Um cão fora de hora me roçou a perna e pensei em acariciá-lo, pensei em brincar com o cão, mas preferi responder ao olhar do de camisa xadrez, e o cão fora de hora se afastou, já foi se recolhendo, fim de festa, que o conto não é mesmo sobre ele. A Marina voltou lá de dentro com o maço na mão, dizendo que vira e mexe dava aquele desejo insano de fumar, vamos andando, vamos andando, uma noite tão gostosa, nem dá vontade de ir dormir, não é? Fui com a Marina, ela soltando fumaça pela noite, o de camisa xadrez acompanhando com os olhos, um sorriso tímido de esconder os lábios, e eu torci o pescoço com discrição pra rebater o olhar e o sorriso, a gente se cruzou bem rápido outra vez, e fui embora com a Marina na direção do hotel. Mas voltei. Deixei a Marina por lá e voltei. Nem passei da recepção, só me despedi, um boa-noite, vou procurar o sono na rua, e voltei até a praça. E um cão acompanhou minha volta, ou talvez fosse apenas na mesma direção, talvez não estivesse nem aí pra mim. Um cão te acompanhando traz que tipo de mensagem?

E chegamos de volta ao bar, eu e o cão, o homem ainda ali, xadrez, azul e vermelho, cabelo cobrindo as orelhas, o nariz, a mesa de ferro, garrafa de cerveja vazia, conta encerrada, e foi embora, a companhia feminina indo atrás, e o de xadrez vestiu a jaqueta cinza, mas não abotoou. Foram andando, foram andando, a noite bonita, nem dava vontade de ir dormir, mas os bares fechando, o samba nos batuques finais. Uma breve virada pra trás e o de xadrez me vê. Eu ali, seguindo de longe entre as sobras da multidão, o cão acompanhante já deixado pra trás. Na segunda quebrada vi mais um cão, deitado sobre as raízes de uma árvore, uma árvore enorme, dessas centenárias, e o cão esticou o pescoço com as orelhas em pé, e nos olhamos, eu e o cão. Os cães detectam de longe as aproximações, o instinto pode ficar preguiçoso, é provável que fique, mas o faro sobrevive à domesticação, imagina só quanto cheiro insuportavelmente forte eles são obrigados a sentir. Cão de orelha em pé é sinal de quê mesmo?

O cão das orelhas desiste do meu cheiro e volta a esticar o pescoço em cima das raízes, e é nesse meio-tempo que o de camisa xadrez se despede da companhia feminina e começa a voltar pela rua. A companhia feminina dobra a esquina e desaparece. O de xadrez para a uns dez metros de onde estou e mira o céu, e eu encosto o ombro num poste, e espero. Meio que observo o cão das orelhas enquanto o de xadrez observa as estrelas, que ainda aparecem nessa região. Ficamos assim, rastreando os movimentos mínimos um do outro. Há algo brilhante no bolso esquerdo da jaqueta cinza, de alguma forma a luz fraca do poste incide sobre o objeto, podia ser um isqueiro, podia ser um rebite metálico, ou um chaveiro. O de xadrez muda a posição, alternando as pernas, camba os ombros pro lado oposto, e então o brilho desaparece. Outro cão vem manquitolando em nossa direção, vem lá da praça onde estávamos, e o das orelhas estica novamente o pescoço, aponta duas setas pro céu, e desta vez desencosta o peito do chão e rosna baixo para o manquitola. O manquitola vai até ele e oferece o traseiro. Cheiram-se. Do que os cães estão falando?

É quando percebo que o de xadrez deu mais alguns passos e está quase diante de mim, do outro lado da rua, um ângulo de uns dez ou quinze graus para a esquerda. Lanço um cumprimento de leve, mas a penumbra não deixa o cumprimento chegar ao outro lado, ou pode ser que meu aceno tenha sido simplesmente ignorado. O manquitola segue seu percurso e, ao cruzar nossa linha reta, para. Parado. O manquitola fica de frente para o de xadrez, o rabo balançando pra mim. Os cães da cidade cismam com alguns visitantes, não é algo necessariamente ruim, sabem-se lá os motivos dos cães, pode ser um odor peculiar, pode ser um pressentimento, talvez uma lembrança mal evocada, ou o afeto súbito de um bicho acostumado a não deixar passar as oportunidades, ou pode ser apenas o brilho no bolso da jaqueta. Pode ser isso tudo. O cão não se interessa por mim, olha para o de xadrez sem se mover, até que dá um passinho na direção dele. Eu e o de xadrez estamos atentos um ao outro, claro, mas o manquitola mantém nosso foco rente às pedras da rua. O cão não rosna, só vigia e balança o rabo. O de xadrez dá um passo para a esquerda, e o manquitola executa o ângulo como um compasso, o rabo fixo na minha direção e o focinho acompanhando o movimento à frente. O de xadrez espera um pouco e vai mais para a esquerda, o movimento do cão se repete. E um pouco mais, e um pouco mais, o de xadrez quase na esquina. O cão das orelhas nem aí pra movimentação, já devia estar dormindo àquela altura. O de xadrez lança um cumprimento, não sei se pra mim ou pro manquitola, e dobra a esquina. Foi embora. O cão volta, passa por mim mancando, como se eu não estivesse ali, e se deita ao lado do das orelhas. E então? Esse troço todo foi sinal de quê?

Desencosto o ombro do poste e vou até a esquina. Lá no alto da ladeira ia o de xadrez, quase sumindo no meio das árvores. Ele olha rapidamente para trás. É despedida ou chamado? Uma mariposa cruza a luz de um poste e tremula a rua, pousa bem no meio de uma parede branca. Mariposa grande, asas compridas. As pontas das asas coincidem perfeitamente com longas rachaduras de tinta que dividem o muro em vários pedaços, como um quebra-cabeça, mas sem figura, e até fica parecendo que o impacto da mariposa provocou aquele estrago. Nem sei. Nem sei o que dizer agora. O de xadrez sumiu de vez. Será que me observava do meio da sombra, lá no fim da ladeira? Meu deus, mariposa é sinal de quê? Era coisa ruim, não era? Ou não?

Visitante

A extensão total da orla é de cinco quilômetros e oitocentos, contando desde o arpoador desativado, aquele mirante com a bandeira hasteada, de onde turistas e nativos se despedem do sol diariamente com aplausos, assobios e uma brisa de ervas, desde lá até a ponta da outra pedra, aquela que brilha no sol, na linha reta do meu dedo, com um par de cilindros gigantes escapando da terra, nosso emissário submarino que despeja os dejetos a léguas da costa e que acaba de completar quarenta anos, é, o tempo passa, cinco mil e oitocentos metros de orla, cinco mil e oitocentos metros de asfalto, areia, pedras portuguesas e vegetação rasteira, são dezoito quadras e três praças, duas tão pequenininhas que mal se notam, a maior é aquela ali, à direita, local exato e certificado do levante de 23, a revolta dos oficiais da Marinha que provocou toda a crise, e resultou na dissolução do Congresso, e na mudança de regime, e no exílio de meia dúzia de políticos e artistas engajados, e tudo aquilo que vocês decoraram bonitinho nas aulas de história, e que culminaria na morte do civil André Raposo, nosso mártir local, um médico recém-formado que recuperou a fama em uma minissérie no ano passado, e conquistou a imortalidade na forma de uma estátua no centro de um dos canteiros da praça, mas que, daqui, não dá pra ver muito bem, não, não estique tanto o pescoço, não é obra que mereça a ginástica, e o jardim também já foi mais bem cuidado e, sim, muito bem, muito bem reparado, a areia da praia é acinzentada, origem vulcânica, quase preta em alguns pontos, não é poluição, não, fique tranquila, parece até concreto olhando de longe, os grãos são incômodos, na minha opinião, mas nada que uma toalha de hotel bem grossa não resolva, ou uma espreguiçadeira, o que conta mesmo é a média de mais ou menos trezentos dias de sol por ano, e as chuvas se concentram em janeiro e fevereiro, ou costumavam se concentrar, hoje pode chover até em agosto, e chuva de enchente, fazer o quê, olhando assim, hoje, a praia é só felicidade, ninguém pensa no verão passado, a turma racionando água devido à baixa precipitação, só felicidade, um comércio amistoso misturado aos banhistas, dá pra passar o dia abastecido de cerveja e sanduíche, além de sandália, bronzeador, brinquedo, e boné, e suvenir, não precisa ir até o asfalto pra nada, e há, inclusive, serviços de encomenda expressa, meninos que buscam o que você precisar, até um café, ou meninas que oferecem gentilezas como ir carregar rapidinho seu celular em uma tomada, ou molhar seus pés com uma cuia de água doce, e sim, claro, existem também aqueles serviços mais secretos, é só ter jeito pra pedir, acredite, olhando assim é o paraíso, os visitantes chegam e todo mundo trabalha pra que a ideia que se fez da praia coincida com a realidade, e então a realidade fica assim, desse jeito que vocês já conhecem, as bebidinhas, as comidinhas, mergulhos, música ambiente, um exército de sombrinhas coloridas, olha o abacaxi-xi-xi, isto aqui é uma delícia, poesia pura, foi num daqueles bancos embaixo dos coqueiros que, dizem, nosso grande poeta nacional recebeu a inspiração pra escrever seus melhores versos, segundo os acadêmicos, e a ilha vermelha imortalizada nas estrofes do Fraga é aquela, não a do farol, aquela outra, a segunda a partir da esquerda, todo mundo conhece o poema, lá foi / ilha vermelha / que aponta a lua / que aponta os futuros, mais ou menos assim, e por aí vai, vermelha mesmo ela vai ficando à medida que o sol desce, vocês terão a oportunidade de conferir o fenômeno, fica vermelhinha, e essa mesma ilhota é a grande ilha da infância de muitos velhinhos que vemos andando lentamente ao lado da pista de ciclismo, a ilha já estava lá bem antes de ser imortalizada como símbolo de nosso período histórico mais tenebroso, e até 88 era permitida a travessia a nado, em vinte minutos de braçadas compassadas você chegava até a ilha vermelha e, bem, você atingia a ilha e, lá, descobria que não tinha nada de realmente vermelho, mas tudo bem, o poema do Fraga ainda não existia pra pintar as lembranças, foi lá que um campeão de natação pediu a mão de sua esposa, já falecida em decorrência de um tumor na garganta, e enlaçou o pulso da futura com uma corrente improvisada com algas, mas dessas histórias pouca gente sabe, e o campeão, vou falar a verdade, foi campeão só no clube do município vizinho, não chegou a competir em olimpíadas, essas coisas, no máximo um intercolegial, um interestadual, e a corrente de algas se desfez no trajeto de volta, mas a história é bonita assim mesmo, eu acho bonita, uma rota de catamarãs agora passa entre a ilha vermelha e o continente, de modo que a travessia ficou proibida, mas era bom, agora tudo é mais seguro e confortável, a orla conta com seis postos de vigilância, de quilômetro em quilômetro, e há latrinas e chuveiros liberados para uso mediante pagamento de uma taxa simbólica, além de salva-vidas selecionados anualmente em concursos públicos rigorosos, é, tudo bem, quem olha a praia assim não pensa em perigo, ainda mais num dia desses, o mar da região é calmo, arrecifes impedem que o oceano ataque com violência, daí nossa vocação óbvia pra balneário, a água é quentinha, graças ao represamento, e os tubarões que no verão surgem em cidades próximas não conseguem dar as caras por aqui, mas mesmo assim afogamentos acontecem, estatísticas oficiais apontam uma média de quatro mortes por ano só nessa praia, uns incautos, nem é tanto, e atenção, atenção, passando aqui do lado esquerdo, o quiosque número um, assim ficou conhecido, mas na verdade não foi o primeiro, é o único que mantém as características originais dos pioneiros, telhado de palha, o balcão forrado com tiras de bambu, tijolinhos pintados de branco, foi anunciado um projeto da prefeitura que pretende estabelecer um padrão e obrigar os outros estabelecimentos a adotarem os traços originais, pelo menos nos detalhes, mãos de tinta branca, um acabamento de verniz pra envelhecer, uma franja de palha sintética, e vai ficar lindo, o projeto é ousado, será possível desfrutar drinques mais sofisticados do que os disponíveis na areia, embora o serviço de busca expressa também sirva pra fazer das espreguiçadeiras e toalhas uma extensão do cardápio dos quiosques, que incluirão até um dry martini ou um bloody mary, não sei se ainda bebem esses coquetéis, além de queijos, geleias, batatas-bravas, e nossa tradicional sardinha frita com farinha de biscoito, é, quem olha assim pensa que é o paraíso, e talvez seja algo bem próximo disso, e foi aqui, bem em frente ao quiosque número um, aqui foi rodada a cena do filme que vocês mencionaram há pouco, o quiosque é rigorosamente o mesmo, e só ficam faltando as canoas de pescadores da sequência final, que na verdade nunca existiram nessa praia, é cinema, cinema é assim, o importante é ser feliz, e somos, essa interação solar e animada, os jogos, os esportes da moda, as fotografias eternizadas nessas redes sociais, nossas imagens correndo o mundo, especialmente as do entardecer, com a ilha já encarnada, e os relances do farol nos primeiros minutos de escuridão, é contagiante, mas devo dizer, desculpem, a mesma praia que acolhe tamanha euforia coletiva abriga também pequenas tristezas, pequeninas, pensem bem, sejam razoáveis, isto aqui é uma cidade, e das grandes, pessoas nascem aqui, há enredos cotidianos, reles, triviais, mulheres indo ao supermercado, homens levando o carrão para o conserto, crianças aprendendo inutilidades na escola, o cenário redondo, perfeitinho para um romance, um namorado pedindo a mão da futura esposa em casamento, sim, mas é nesse mesmo cenário que Anita Sobral passou mais de duas horas com o mar arrebentando, tentando imaginar o que seria dali em diante, os óculos escuros escondendo os olhos sanguíneos de tanta tristeza e esfrega-esfrega, é, a gente nem se dá conta, observando esses esportistas, os rapazes estimulando os músculos desse jeito, a gente nem lembra dos garotos que se escondem atrás das camisetas com vergonha dos ossos, ou das cicatrizes, parem pra pensar, foi nessa esquina que Humberto de Mello desabotoou a camisa de forma quase religiosa e exibiu em público, pela primeira vez em dezesseis anos, as queimaduras adquiridas em uma brincadeira de criança, estripulia comum, envolvendo pia, álcool e palitos de fósforo, a praia também é isso, me perdoem, e a orla, no inverno, passa por dias de extrema hostilidade, ondas altas, quebradeiras de ensurdecer, espuma invadindo a avenida e danificando os quiosques, é, e foi aqui, no posto de vigilância número quatro, atrás daquela pilastra, que Jamil Pereira se autoflagelou depois da terceira tentativa de passar no exame pra salva-vidas, e ainda tem a ressaca, que avança mais a cada ano, ameaçando as poucas casas que sobraram do outro lado da pista, mas não há cartões-postais com esse tipo de flagrante, não, é, bom, não há mais nenhum tipo de cartão-postal à venda nas bancas, vocês têm razão, mas eu tenho uma coleção de dar inveja, tenho, sim, nenhum que retrate as ressacas, é verdade, mas Mariano

Celidônio escreveu uma boa prosa inspirada nessas ressacas típicas do meio de ano, uma prosa boa mesmo, até recomendo, embora seja palavrosa demais pro meu gosto, e confesso a vocês que estava presente quando o corpo de Celidônio foi encontrado perto das pedras, depois de vinte e quatro horas de busca intensa, ninguém soube da causa, mas não precisamos falar disso, não que não possamos comentar os fatos da época, tudo aquilo já acabou, passado definitivo, mas não vamos estragar esse azul bonito com cores que não caiam bem, e, pensando um pouco, Mariano Celidônio nem chegou a ser publicado, ninguém aqui deve ter ouvido falar dele, sim, muito bem reparado, percebam a ausência dos cachorros, eles estão proibidos de pisar na praia desde 2003, e com razão, pois em 99, poucos dias antes do réveillon, Juliana Pestana contraiu uma doença misteriosa esfregando o fiofó desprotegido na areia, e até hoje Marisa Pestana, ou Marisa Moura, pra quem conheceu sua versão solteira, quinta colocada no concurso de Miss Universo em 89, a mãe de Juliana, até hoje ela visita toda sorte de médicos pelo país, em busca de uma resposta e de uma cura definitiva pra filha, mas, apesar da proibição, alguns cachorros ainda frequentam a praia, especialmente no fim do dia e nos fins de semana sem sol, os raríssimos fins de semana sem sol, eu mesmo já tive uma micose bem séria nos braços, em março de 81, eu andava viciado em pegar ondas, e não era adepto de banhos diários, foi bem antes da proibição, há quem diga que as micoses são responsabilidade dos pombos, mas convenhamos que seja impossível proibir os pombos de pousar onde queiram, no máximo promovem essas campanhas de não jogar milho, ou ações de esterilização em massa, muito controversas, aliás, e tem aquele discurso dos ambientalistas, acusando os visitantes de espalhar restos de comida e embalagens sujas, o que atrairia os pombos e os ratos, e por aí vai, mas acho indelicado jogar a culpa nas visitas, são vocês que sustentam todo o ciclo, os pombos e as micoses são, caso haja aí uma relação de causa e consequência, um ônus corriqueiro, ali, olha ali, onde subiu a revoada, vejam uma moça que parece flutuar escada abaixo na direção do mar, muita gente pensa que é entidade religiosa, ou lenda indígena, ou homenagem às beldades caiçaras fictícias, mas é um tributo a Madeleine Patu, a estrela do filme que vocês mencionaram há pouco, embora ninguém se lembre de nenhum filme que Madeleine Patu tenha feito além daquela coisinha, embora nem daqui Madeleine seja, embora nunca mais tenha voltado, mas foi doação de artista plástico de nome, e, admitamos, a estátua é bonita, de bronze, inaugurada em 92, e já teve os delicados cachos de cabelo roubados e substituídos umas cinco vezes, de modo que hoje os cachinhos não estão aqui, uma pena, Madeleine está numa dessas fases de cabelo curto por causa do calor, é a piada que se conta, e foi nos pés de bronze de Madeleine Patu que Arthur Hamilton despejou, ao longo de anos, litros e litros de aguardente aromatizada com canela, foi aos pés de bronze de Mademoiselle Patu que Rafaela Ourinhos se masturbou pensando em seu amado, e também foi aqui que Veridiana

Solano sonhou em ser atriz e rezou para o mar, e que o mendigo Damião quase morreu bêbado numa maré alta fora de época, e ouvi dizer que Arthur Hamilton morreu recentemente, mas as marcas da espera ficaram gravadas nos pés polidos da estátua, há turistas que associam o desgaste de aguardente a uma suposta mandinga, friccione a palma das mãos com força nos pés de Madeleine e você sempre retornará à cidade, e os turistas mais crentes o fazem, ficam de quatro e esfregam a mão, a historinha foi obra de um guia já falecido, amigo meu, um gênio na arte de criar lendas, e de Rafaela Ourinhos não se ouviu mais falar, casou-se com outro e foi pro exterior, não é vista por aqui há anos, não deve ter esfregado os pés da estátua com força suficiente, ou talvez a mandinga só funcione mesmo com turistas, e o mendigo Damião anda pros lados do centro, ouvi dizer, e Veridiana Solano, a que queria ser atriz, é hoje uma brilhante quituteira, herdou o dom da avó, mas os quitutes não estão mais à venda na praia, uma pena, a comercialização de alimentos fritos foi proibida na areia devido ao surto de obesidade infantil, é preciso dar exemplo, nesta época do ano a praia é a casa temporária de funcionários públicos em férias com a esposa, ou de dentistas que juntaram um dinheiro suado pra viajar, ou de grupos de invertidos que se congraçam na faixa de areia próxima ao emissário submarino, ou de grupos de mulheres solteiras sonhando com amores clichês, é uma fauna de aves migratórias em busca de tudo o que faltou durante o ano, todos sonhando com um corpo magro nas próximas férias, é, já na baixa temporada, bem, fora da época dos turistas essa praia é o cemitério de escritores que não escrevem, e de advogados formados em grandes universidades, mas que deram de inventar lendas pra preencher os sonhos alheios, e de empresários que não tiveram a sorte da ideia milagrosa, e de atrizes que nem bolinhos fritam mais, fazer o quê, tudo tem dois lados, é como se diz, e eu me pergunto como será que tudo isso fica olhando do lado de lá dos arrecifes, é o que me pergunto, e se alguém se interessar pelo passeio em alto-mar tenho aqui alguns folhetos que dão direito a um drinque a bordo, é, imagino que já tenham provado nossa caipirinha local, com rapadura e gengibre, e fica melhor ainda com a aguardente de canela, que é da região, é, canela e gengibre não são iguarias nativas, claro, canela é da Índia, parece, gengibre também, ou da China, mas o mundo agora é um só, deixo aqui minha dica, as caipirinhas são inesquecíveis, e vocês me dão licença, mas já vai passando meu ponto, até a próxima, uma contribuição espontânea é bem-vinda, uma boa tarde pra todos, e pro senhor também, alguém se sente estimulado a contribuir, alguém?

Não fale com o fantasma

Entre oito da manhã e dez da noite a porta de vidro fica liberada para entradas e saídas. O movimento é incompatível com a localização, uma esquina mansa do centro da cidade, e incompatível também com o espaço interno, um salão estreito e pouco profundo. Um café incompatível, é isso: encaixado entre dois espigões numa fenda mínima, mínima, mínima. E se eu disser que a porta range serei pouco preciso: o rangido fará de você, entrante, o centro das atenções. Ninguém chega sorrateiro ao Tulipa Dourada, birosca mais antiga da região, ponto reverenciado por artistas sem palco e sem banda, e ainda hoje é assim, refúgio cultuado por velhotes sem ocupação e por turistas bem informados, que ficam extasiados com a atmosfera despencada do estabelecimento. Bacana visitar o Tulipa, bem bacana, você precisa aparecer por lá. É só descer daqui a duas estações e me seguir, ou perguntar para qualquer um na vizinhança, todo mundo sabe onde fica. Você precisa tirar fotos com o afresco ao fundo. O afresco reproduz uma noite típica do Tulipa de outras eras, e tem mais de meio século de idade, obra de um frequentador célebre, não lembro qual, e é um tanto tosco em matéria de refinamento artístico, sim, mas carrega uma vibração nostálgica ao sugerir tamanha alegria: moças cantando em coro, insinuantes, por mais ridículo e antiquado que possa soar o adjetivo, acompanhadas por um senhorzinho à pianola, e homens bem-vestidos que sopram seus instrumentos para uma turma de boêmios às gargalhadas. E o cenário da fuzarca pintada na parede está fielmente preservado, tudo ali, em três dimensões, para o deleite dos novos frequentadores: estão ali as mesas com tampo de mármore, as cadeiras de madeira escura, as fotos que forram as paredes laterais, e até mesmo a pianola, coberta por um pano desbotado, atestando que a história retratada com tinta pode ter sido história acontecida de fato, e servindo de passatempo aos turistas que tentam identificar os objetos reais na pintura. Você precisa conhecer. É inevitável imaginar que alguns velhotes que tomam conhaque nas mesinhas individuais tenham, de fato, presenciado aquela fase de ouro e música. Se sim, agora velam serenamente o descanso da espelunca. O clichê enunciado nos guias turísticos não pode ser mais exato, juro: visitar o Tulipa é fazer uma viagem ao passado. Entrei ali pela primeira vez em uma dessas manhãs geladas e chuviscantes. Eu estava obviamente pouco agasalhado, minha jaqueta de brim úmida da garoa. Entrei rápido, afastando qualquer um que bloqueasse meu caminho na direção de um café quente e forte. Um casal de turistas apontou os olhos claros na minha direção e me recebeu com um par daqueles sorrisos meio bobos que os casais nômades de origem escandinava carregam o tempo todo, junto com as camisas de linho surradas e as calças cáqui que se transformam em bermudas com um puxar de zíper. Uma velha que ruminava um alimento indecifrável também eriçou o olho esquerdo, e talvez tenha me saudado com a cabeça. Acho que foi, sim, uma espécie de saudação. O homem de meia-idade que atende no balcão bateu as mãos no tampo e perguntou o que ia ser, assim mesmo: o que vai ser hoje? Como se eu fosse um antigo freguês. Gostei daquilo, gostei muito, mas quem respondeu foi uma freira que entrou logo atrás de mim. A freira pediu uma empada de não lembro o quê. Deixei a freira passar à frente. Era uma freira, juro, dessas de preto. Olhei as opções de comida descritas em um quadro, e também as apresentadas em carne e farinha no expositor do balcão, e alguns anos mais tarde, depois que me transformasse em cliente assíduo, constataria que os salgados das vitrines nunca mudam de aspecto, mas são sempre diferentes na consistência e no sabor. Comer no Tulipa é se aventurar em mundos desconhecidos e comprovar que as aparências realmente tendem a enganar. Não é difícil pedir um canolli com sabor de coxinha, ou vice-versa, e também não é difícil fantasiar, nos dias de baixa inspiração do pessoal da cozinha, que aqueles quitutes podem ser os mesmos que os representados no afresco de cinquenta anos. Os mesmos, juro: é terrível. Pedi um café duplo e um folhado qualquer, cujo sabor minha memória não consegue recuperar, dada a falta de estímulos enviados por minhas papilas gustativas, e empurrei o salgado folha por folha com a ajuda do café queimado. Isso matou minha fome, também me aqueceu, e, depois de perceber que minha vida seria poupada, comecei a atentar para o salão. Apesar de decadente, o café é higiênico e sempre bem cuidado. Naquele primeiro dia a aparência manchada das mesas e do chão era mantida com descaso por uma ruiva que não dava descanso aos panos. O tom ocre e poeirento é resultado das décadas, e não da falta de limpeza, posso garantir. Gostei de cara, gostei mesmo. Gostei do gasto dos móveis, do afresco mal-ajambrado, do amarelo nas fotografias. Gosto da memória embutida nos objetos, e talvez por isso tenha retornado tantas vezes. Tantas, tantas, e tantas. O homem de meia-idade atrás do balcão é desagradável, e com todos os clientes, e todos os dias, e alguns meses depois descobri que se trata do filho do fundador. Vá visitar o Tulipa e preste atenção no cabra. Mesmo depois de me tornar figura esperada, continuei a merecer o mesmo tratamento burocrático endereçado aos transeuntes incautos. Recebo meu café e minha guloseima como quem ganha uma esmola, e nas poucas vezes que tentei alterar a platitude do relacionamento com alguma gracinha não mereci mais do que uma mirada frouxa, o que me deixa sempre na dúvida sobre o caráter amigável do sujeito. Mas gosto dele, gosto mesmo. Nessas horas me pergunto que diabos faço naquela bodega candidata à implosão. Mas logo recobro a tranquilidade ao me acomodar em meu canto predileto, ao lado de um móvel de compensado que serve de aparador para guardanapos, temperos e coisas do tipo, e sempre virado de costas para a grande vidraça que dá para a rua. A grande vidraça é fonte de luz para todo o ambiente e vem descrita com detalhes nos guias turísticos. Você precisa reparar na vidraça. E, enquanto a maioria luta por uma cadeira com vista para a rua, faço questão de me sentar voltado para dentro. Do meu canto vejo o salão inteiro, percebo atitudes, estudo o rosto de cada frequentador, encaro os homens e as mulheres nas fotos penduradas, e tento alcançar a atmosfera da época, o som dos trompetes, a voz das moçoilas, e imagino a dança dos moleques que se divertiam ao lado dos pais. Um desses moleques está agora atrás do balcão, certeza que sim, mas a alegria que o acompanhava nas fotos não parece ter resistido. Pouca coisa no Tulipa Dourada escapa do fosco dos anos, sabe como? Tudo recende a zinabre: tudo, tudo, tudo. E até os funcionários mais novos são incontestes sobreviventes de guerra, remanescentes de uma luta contra o esquecimento. Lá, reunidas, as coisas e as pessoas ficam comprimidas em um sentimento único, e melancólico, tudo aperta o coração, com o perdão da pieguice, e acendem lembranças que não são minhas, absolutamente, mas que muito me dizem respeito, e muito explicam sobre mim. É estranho. E é impossível, para mim, parar de pegar o metrô e ir dar no café, apesar dos maus-tratos e da tristeza espessa e viscosa que preciso vencer sempre que ranjo a porta. Minha frequência mensal mudou rapidamente para semanal, e logo passou a quase diária. Tentei alternar os dias, mas descobri que minha ausência me traz mais desconforto do que descanso. Sério. O Tulipa tornou-se um vício, talvez, mas nunca um hábito. Nunca, nunca, nunca: ele nunca vai mudar, mas também não descamba para a mesmice. Se por um lado mantém meu humor controlado, age por outro como fonte de novidades. Minha cadeira junto à vidraça é praticamente cativa, e chego a me encrespar com certos clientes que vira e mexe tentam tomar o posto. Foi já no primeiro dia que elegi meu cantinho de estimação, lembro bem, sentei e o café pelou minha língua, precisei esperar um tanto, mexendo com a colherinha, folheando um jornal. Depois de amornar o café, alcancei o açucareiro e virei na xícara, o que se tornaria uma praxe, truque para camuflar o gosto de carvão, mas o açúcar estava empedrado, como sempre está, úmido, preso dentro do vidro. Bati uma vez, forte, contra a mesa, e nada. Bati mais duas vezes, e repeti. Imaginei se alguma coisa ainda funcionaria por ali. Hoje sei que o açucareiro tem vontades e desejos próprios, assim como a máquina registradora, que abre à base de pancadas, e a jukebox que traga moedas, e a cafeteira que incinera o pó, e o banheiro pouco receptivo a dejetos menos líquidos. Não ria, estou tentando falar sério. O açucareiro faz parte da corja de sobreviventes que teima em resistir ao mundo real, um mundo que aguarda aflito, ali, do outro lado da porta de vidro, prestes a invadir o ar viciado e dar um ponto final àquela festa com cheiro de mofo. A cidade clama por uma nova modernidade, asséptica, reluzente, e o Tulipa teimando, com aquela organicidade tão particular, resistente a tudo que vai contra sua essência embaçada. Aquela primeira foi a única vez em que me senti levemente irritado com o cenário caído que hoje tanto me encanta. Olhei ao redor e percebi que quase todos do salão me estudavam. Espiavam meus movimentos. Olhares reprovadores. Comentários a meio-tom. Turistas invasores, boêmios atrofiados, famintos sem paladar: o que toda aquela gente fazia lá? Não são capazes de enxergar metade do que vejo, não sabem do que se trata tudo aquilo. Encaram com simulação de prazer aquele resto de mundo, em busca de disneylândias genuínas, pelo menos uma, mas não compreendem nada, nada, nada, são incapazes, incomodam-se até com o barulho que um açucareiro entupido faz ao se chocar contra uma pedra de mármore. Fiz e continuei a fazer o barulho que me apetecia, o Tulipa é mais meu do que de qualquer outro, foi a mim que o lugar revelou sua essência persistente, compreendo cada indelicadeza cometida pelos entes vivos ou inanimados que circulam diariamente por ali, cada grosseria de mãos ou de tampas, cada cicatriz, cada pires lascado. É lugar de alegria implícita, fartura, camaradagem, tudo agarrado ao chão e às mesas, lutando, sem se deixar varrer, entende? Bato com o açucareiro na mesa até hoje, e o pouco de açúcar que sai é suficiente, tomo meu café olhando sem medo para todos os observadores, encarando, encarando, encarando, e de propósito. Os idiotas não arriscam uma palavra, nem um suspiro, fingem descaso. Um casal ou outro às vezes se levanta e muda de mesa, busca um refúgio escuro perto da pianola: são insuportáveis. Ontem um rapazinho com jeito fresco desistiu de fazer a jukebox funcionar e foi embora só porque o repreendi com um espirro. Ele não entendia a jukebox, percebe? Depois do primeiro dia voltei não sei quantas vezes. Centenas. Não parei de frequentar por, acredito, um ano. Um ano sem parar de bater ponto. Sábado à noite, então, era religioso: eu lá. Um dia deixei de ir, por questões meramente pessoais, não vem ao caso. E demorei a voltar. Não: não fiquei magoado ou triste por algum acontecimento, voltei meses depois com a saudade descontrolada, nem conseguia lembrar o cheiro do café queimado ou o gosto ausente dos salgados, e isso era ruim. Veja só: tive saudade até do movimento da vassoura sem piaçava que atravessa o salão, e fiquei satisfeito quando constatei que tudo continuava igual, e tudo em mim se reuniu rapidamente ao meu Tulipa. Nesse dia, o dia do retorno, um barbudo sem educação pediu uma cerveja gelada, o que me fez rir. Qualquer um sabe que não se vendem bebidas fermentadas no Tulipa Dourada e que o nome do lugar nada tem a ver com o clássico copo de cerveja, a flor do nome está lá, logo acima do cardápio em forma de quadro, atrás do balcão: uma tulipa metalizada e, é possível, reluzente em suas origens, observando o café do alto de uma prateleira. Pouca gente repara, mas está em qualquer guia de viagem que preste. Eu ri e busquei a conivência do homem atrás do balcão, o dono do lugar, o cabra. A conivência não veio, claro, mas não parei de gargalhar. Um idiota pedindo cerveja no balcão foi tudo, tudo, tudo de que precisei para quebrar o gelo da separação e acordar a memória. Tulipa, Tulipa, Tulipa.

O barbudo me olhou, assustado. O barbudo tentou puxar conversa com o cabra do balcão. Eu gargalhei ainda mais, balancei a cabeça e apontei o dedo para a tira de papel, mostrei ao inocente a pequena e mal cortada tira fixada nas costas da caixa registradora. A mensagem é curta e direta: não converse com os fantasmas. Não converse com os fantasmas: nunca, nunca, nunca. É, obviamente, uma gozação, piada interna dos funcionários, ou uma provocação aos velhinhos fundadores, nunca soube ao certo, ninguém jamais me explicou. Repeti a risada e apontei outra vez para a tira de papel. Olhei para o balcão e fui atingido pelo olhar entediado do dono. As pálpebras do cabra se elevaram, os lábios contraídos avançaram levemente em forma de bico de pato e recebi meu pedido e meu troco sem nenhuma palavra. Posso estar enganado, mas meu café nunca veio tão queimado. O barbudo refez, em seguida, seu pedido: uma dose de uísque, por favor. Agora sim. Sim, sim, sim. Quando for ao Tulipa, não converse com os fantasmas, muito menos para pedir cerveja ou besteira semelhante. Mas não deixe de ir. Apenas faça seu pedido, sem verbos, sem agradecimentos exagerados, e siga em frente, não dê papo. Deixei o fantasma para trás e caminhei até o corredor que leva aos banheiros, rindo, rindo muito, feliz por estar de volta ao lugar que se tornou novamente meu quartel-general, questão de meses, e satisfeito com minhas paredes sujas, cheias de um passado tão distante quanto prestes a se realizar. Bonito, não? Não achou bonito? Mas agora me diga, rapaz. Tire esses olhos esbugalhados da cara e fale comigo. Fale, fale: vamos, diga alguma coisa.

Cavo varo

O velho acorda vinte e dois minutos antes do aparelho na mesa de cabeceira disparar, a engenhoca vermelha que te deixei de herança, o contador mecânico de tempo, equipado com engrenagens que podem ser finamente reguladas pra acionar toques de sino em horas e minutos predeterminados, o que não é frequente acontecer, o velho geralmente acorda sozinho, e bem antes do sino, ainda é assim, e a primeira coisa em que o velho vai pensar hoje é no homem incomparável da noite de ontem: olha aí, olha aí, não foi nisso que você pensou? No homem incomparável?[1] Isso, muito bem, o despertador. Ponto pra você.[2] Foi você que comprou, foi, velho? Muito bem, então. Acordou afiado, o velho. Café, água no rosto, cantoria na janela, essas coisas. Foi o homem perfeito que provocou esse bem-estar todo?[3] Incomparável. É. Homem perfeito não é um termo preciso, en-

1 *Contador de tempo? Coisinha vermelha? O despertador?*

2 *Não foi herança sua. Eu comprei.*

3 *Incomparável. Homem incomparável.*

tendo o ponto de vista, mas foi como a psicóloga com transtorno de curvatura na coluna chamou o rapaz, não foi?[4] Nossa, que homão perfeito! Foi assim que ela disse. Não acreditamos em perfeição, mas foi assim que a da lordose falou. Com aquele jeito de dizer as coisas, se esticando toda. Incomparável, muito bem, é mais nossa cara, embora saibamos que, grosso modo, todo mundo é incomparável em algum nível. A psicóloga é incomparável em que nível? Dança num pé só como ninguém? Polvilha queijo parmesão de um jeito notável? Tem a falange central da mão direita lindamente arqueada pra cima? As três coisas juntas, somadas ao diploma, e somadas à lordose, fazem dela um ser único?[5] Aquele homem é, então, o corpo humano mais harmônico que nosso polegar adermatoglífico já percorreu... Muito bem. É isso? Precisamos conferir. E o velho fez o seguinte: inverteu o turno a pedido do colega com blefarite, mas fez um pouco de charme, não sei se posso, ah, tenho compromisso, vai, vou quebrar seu galho, vá cuidar dessas pálpebras,[6] vá aplicar um gelo nessa coisa,[7] deixa que eu vou no seu lugar amanhã de manhã, e tal, e desligou o telefone com esse sorrisinho na cara, e dentro de alguns minutos estaremos com o homem incomparável nas mãos, outra vez, e sem deixar rastros digitais. Rá! Velho engastado.[8] Engastado, ve-

---

4 *Ela não tem lordose. Não chega a ser uma lordose.*

5 *Único, sim. Mas não incomparável.*

6 *Não falei nada disso.*

7 *A blefarite do rapaz é bem discreta.*

8 *Engastado? Não faz sentido. Tem certeza que é essa palavra que queremos usar?*

lho engastado. Você. Nem tomou o remedinho hoje. Nem tomou. Esqueceu, foi?[9] Rá![10] Essa é boa! De olho no homão, filho duma, por isso não tomou, não tomou o remedinho, ficou lá, a pílula, do lado do aparelhinho vermelho. Filho duma boa. O sujeito deve mesmo valer a pena, a saliência anatômica com funções olfativas e respiratórias deve ser mesmo irrepreensível, sim, deve caber bem no rosto, sim, dialogar equidistante com o órgão duplo em forma de globos[11], globões esverdeados,[12] e o órgão duplo deve repousar elegantemente sobre a cavidade inferior com funções digestivas, e respiratórias, e, por que não, comunicativas, e, por que não, sexuais,[13] sim, sim, sexuais, a borda da cavidade carnuda, velho engastado, velhaco engastado,[14] a saliência olfativa cabe bem no rosto, mas porta a tal laterorrinia,[15] bem discreta, a ponta brandamente orientada para a direita de quem observa, exemplo de falha que não se aventa com facilidade no decorrer da vida, às vezes nem pelo próprio portador, que contrabalançaria os defeitos intuitivamente com sorrisos, expressões, ângulos favoráveis.[16] O desvio é imperceptível, mas está lá, ponha um espelho na perpendicular, bem na mediana do nariz, e as assimetrias do rosto aparecem. Será

9 *É que gosto quando você vem.*

10 *Verdade. Aprecio sua companhia.*

11 *Olhos esverdeados. E grandes.*

12 *É. Eu abri.*

13 *Claro, sexuais. Rá!*

14 *Você não sabe o que é engastado? Não adianta repetir. Vai continuar sem sentido.*

15 *Sim, é como eu disse antes: um leve desvio, bem discreto.*

16 *Inveja, é? Estamos sentindo inveja?*

que isso incomodava muito o homem perfeito?[17] Será que era esse o calcanhar de aquiles do homem in-com--pa-rá-vel? Como a psicóloga faz pra disfarçar aquela assimetria que tem nas conchas auditivas? Cabeleira jogada pro lado? Sempre? Pescoço adernado pro outro?[18] Sempre?[19] Não dá uma contratura muscular? O velho vai assinar o ponto, olha aí. Anda obediente, respeitando as regras. Assine o ponto, velho. Coisa chata, hã? Mas hoje fez com gosto. Vai lá, velho. O in-com-pa-rá--vel ao alcance das pernas. Avance pelos corredores ainda vazios, os corredores são seus. Não se completaram sequer sete horas desde o turno da noite, você dormiu menos de cinco.[20] Poxa... Isso que é expectativa. Jejum, só dois copos com água morna, essa nova receita de vida longa que chegou do Oriente,[21] essas práticas japonesas se espalham rapidinho pelos corredores do instituto, sempre foi assim, é bom, é bom pra espantar o ar pesado, esse ar inevitavelmente lúgubre.[22] Inevitavelmente lúgubre. Lúgubre, lúgubre.[23] Como é mesmo o nome da flor com cheiro de morte? Era no Havaí, não era? A gente viu no Discovery, lembra?[24] Linda, a flor. Dá até arrepio. Olha só quem está aqui. A psicóloga com lordose nunca vem no turno da manhã, sabemos

17 *Incomparável.*
18 *Assim mesmo.*
19 *Sempre.*
20 *Quatro horas e vinte e cinco minutos.*
21 *Coisa de japonês, não custa tentar.*
22 *Inevitavelmente lúgubre. Rá! Impagável!*
23 *Tudo bem, lúgubre. Lúgubre faz sentido.*
24 Amorphophallus titanum.

disso, mas olha quem está aqui: a assistente social, a lesada do paleocórtex.[25] Ela está grávida, percebeu? Não é desvio de coluna, não, é uma mulher grávida plantada no meio da morte, folheando seu semanário de fofocas da semana retrasada, novidades requentadas, até os fuxicos apodrecem por aqui, a fuça-e-ronca dando esse bom-dia burocrático pra todo vivo que entra, e sem sentir cheiro ruim. Lesa. Acordou cedo, seu Kanopus? Lesa. Caiu da cama, seu Kanopus? Lesa do paleocórtex... Tá olhando pra você. Não tira o olho de você. Não olhe agora, e não diga nada, ela também acha que você ficou maluco. Faz que não vê, velho: segue teu rumo. Filha de uma que fuça-e-ronca. O turno da manhã é tranquilo, poucos grampos devem ter dado entrada a essa hora.[26] Não era assim que você falava?[27] Você chegava e dizia: segura o humor, homem, que hoje é grampo atrás de grampo! É a partir das cinco da tarde que o movimento esquenta, você devia trocar definitivamente para o turno da manhã, é só marola, os rabudos se ocupando apenas de terminar o trabalho deixado pelo turno da noite, na tranquilidade. Mas você prefere a variedade da noite, sabemos disso. Velho estorvado.[28] O grampo incomparável, por exemplo: entrou depois das dez, por aí, não foi? O velho mal teve tempo de se debruçar sobre o caso. Bem, bem... Rá! É... Mal se debruçou, tá bom, mal se debruçou! Mal se

25 *Não ser capaz de sentir cheiro, aqui, é qualidade bem-vinda.*

26 *Rá! Grampo!*

27 *Grampo. Nem lembrava mais dessa.*

28 *Estorvado?*

debruçou, não é, velho estorvado?[29] Precisou trocar de turno pra poder consumar os fatos. Um, dois, três... Cinco. Sobraram cinco grampos na sala principal, foi assim que você deixou ontem? Sozinhos na sala dois, enfim, e a manhã batendo fraca no basculante. Poético. Perfeito, hã? Do jeito que você queria. Se fosse há uma semana, o engavetamento, e vinte e quatro grampos numa colherada só, plantão e o escambau. Ou se fosse naquela virada de ano, lembro bem, meus pés ainda zanzavam por aqui, e aquela famosa cheia de merda na cabeça, uma mistureba da porra, derretendo os miolos, basicamente um tubo de ensaio, e esses corredores nunca viram tanto fotógrafo... Mas hoje está calmo demais, hã, velho? Só cinco grampos, e o do meio é quem? Quem é? Olha lá! Quem? In-com-pa-rá-vel! Mercadoria boa. Boa mesmo. Nossa. Bem que você disse. Puxa esse homão pra cá, vai, leva pra trás da cortina. Tratamento preferencial, vamos lá, libera mais cedo, vai... Os parentes agradecem. Bem que você falou, velho: moço graúdo. Ô. Filho duma. Cartãozinho amarelo pendurado, devidamente nomeado, caligrafia caprichada, percebe-se... Apresentados? Gabriel: Kanopus. Kanopus: Gabriel.[30] E aí, como passou a noite, Gabriel? Aceita uma taça de vinho, uma breja gelada, um petisco, assim, pra quebrar a rigidez?[31] Rá! Impagável! Você é patético, velho. Lisinho. Você gosta da epiderme ace-

29 *É sério: estorvado não faz o mínimo sentido.*

30 *Agora cala a boca, vai.*

31 *Vai à merda, vai. Cala essa boca.*

tinada. Óleo de linhaça pra hidratar?[32] Não é assim, não é assim que se fala... Tudo bem, um grampo clarinho, poucas manchas, tez uniforme, *no tatoos*, mas vejo alguns pontos melanocíticos, aqui, ao redor da junção dos ductos mamários, mas nada assustador. É grandinho este aqui. Olhe bem. Coloração com diversos tons de marrom, pode ser grave, bem robusto, a borda levemente irregular, e totalmente assimétrico, parece a cabeça de um, sei lá, de um macaco, fala aí, diga aí se não parece. De qualquer forma, já era. AVC? Nada mais pode ameaçar essa joia rara. Capricha no exame, vai. O velho vai se esbaldar. Passe esse polegar adermatoglífico em volta do sinal, assim. Irregular, não falei? Não faz mais diferença, eu sei. A carne firme, mas nem tanto. O inverno te livrou da geladeira, hein, Gabriel? E o pessoal da administração agradece a economia. Carne sólida.[33] Malhador?[34] Pubianos raspados?[35] Pinica? Incomoda? Hein? Já embarcou, velho? Não quer mais falar comigo? Então vá... Não gaste tempo com conversinha, sou como os fuxicos da fuça-e-ronca, me deixe pra trás... Já tivemos nosso tempo, homem. Não tem remedinho pra impedir a performance, não tem princípio ativo que possa melar os planos do velho. Rá! Frio, frio. Gelado. Geladinho, o Gabriel, e sem os odores sulfurosos, diligentemente higienizado, alguém se esmerou no serviço, apenas esse eflúvio de

32 *Enfia no rabo.*

33 *Já chegou assim.*

34 *Seguramente.*

35 *Olha só.*

álcool, agradável, soltando dos poros à medida que o velho investe, epiderme mansa, firme, imberbe, os pelos do velho patinando sem obstáculos, ô coisa boa, laterorrinia suave, de perto nem se nota, tem que recuar o pescoço pra perceber, lóbulo auricular bem colado ao rosto, gene recessivo, imagina só, imagina, um gene exclusivo pra determinar o jeitão da orelha. Quando a questão é lóbulo você prefere os dominantes, diga aí: mais fácil de morder.[36] Não é assim...[37] Não é assim que se fala... É assim que se fala? Não tomou o remedinho? Tô aí, não perco uma. Não tem jeito. Não tomou? Tem brincadeira na sala dois, muito justo, mas venho junto. Ah, se não apareço! Ah, se a sala dois falasse! Ah, se... Filho duma. Vá lá, encharque essa esponja de sangue, velho, use teu bônus, que teu ônus não vai embora, não, ah, não vou mesmo. Aproveita, que os passos da lesa ainda estão longe, vire esse grampo pra cima, desça essa mão, vá, que a fuça-e-ronca é lesada do paleocórtex, é sim, mas escuta muito bem. Prenda a respiração. Olhe o cheiro aí, do jeito que você gosta, como era mesmo o nome da flor-cadáver? Amorpho o quê?[38] Hã? Deixe estar. Engastado, estorvado. Me deixe pra lá... Reparou que o grampão tem pé cavo? Sempre tive olho bom pra essas coisas. No detalhe, pra você, velho: o pé do grampão é cavo varo. Anota essa: pisa pra dentro, como eu fazia, o terror dos sapatos. É essa a ideia? Responda, velho. Fale. É tara antiga, não

36 *Cala essa boca, dá o fora.*

37 *Some daqui.*

38 ...

é? Gosta de um cavo varo, é. É isso? E sem gemer, que a lesa já está do outro lado da porta. Você trancou? Prenda o grito, filho duma. Olhe a lesa... Acabe com isso, filho duma boa. Aproveite, lambuze, mas sem gritar. É que nem cometa: coisa rara de aparecer, um cavo varo. Isso sim é perfeição. Esfregue bem, que um destes tem valor. Ah, você sabe que tem. Você ainda está aí? Você trancou a porta, não trancou? E agora vá. Isso. Rá! Trancou? Segure firme. Segure, homem. Rá! Trancou ou não trancou?

Jesus e os Terríveis

Na televisão as pessoas morriam em câmera lenta e, quando não tocava uma trilha sonora de tensão, ou então muito triste, acompanhando a passagem, que é como minha vó chamava a morte das pessoas, ouviam-se batimentos cardíacos que aos poucos diminuíam de intensidade e frequência, muitas vezes com os sons do ambiente correndo em paralelo, distorcidos, o grito de uma mãe, ou o desespero de uma namorada, e alguns soluços de lamento, especialmente ridículos porque os filmes eram sem legenda, dublados, essas coisas de televisão antiga. *Meu deus, oh, meu deus, como isso pôde acontecer?* Assim. *Faça isso por nosso pai, oh, seja forte, minha querida irmã.* Mais ou menos assim. No cinema não, todo mundo fala inglês, não fica tão ridículo. E, então, seguia uma parte chata, geralmente bem piegas, e gosto quando certos filmes pulam essas cenas de hospital, da porta vaivém engolindo a maca, da sala de espera com um parente pegando café de máquina, que é como eu pensava que todos os americanos tomavam café, ou os norte-americanos, que é como meu avô chamava aqueles ianques, aqueles invasores culturais, e a cena do cemitério na sequência, e sempre chovendo ou com o céu cinzento, coalhado de nuvens. Gosto quando tudo já está encerrado e a história recomeça de onde parou, sem tanto drama.

Na vida real tudo é muito diferente, a morte não acontece em câmera lenta, não pra quem assiste de fora. Pra quem está dentro sim, é o que dizem: a morte é o instante mais importante na vida de uma pessoa, embora seja estranho pensar assim, e é por isso que tudo vai acabando devagar, as cenas escorrendo lerdas diante dos nossos olhos. Mas a morte na vida real, pra quem assiste, ou até pra quem provoca a morte de outra pessoa, é rápida demais, insuportavelmente veloz. Mas seria bom se não fosse assim porque, naquele dia, eu não precisaria perder tempo tentando recuperar na memória o segundo preciso, aquele segundo em que tudo se deu, os indiozinhos se espalhando pela sala de visitas e me deixando com um susto na cara. Fiquei congelado até os fios da nuca, por mais de um minuto, e aquilo sim foi em câmera lenta. Os pelos do meu braço arrepiaram, e, quando lembro tudo, parece que não acabou, parece que foi agora.

Fiquei horas velando a morte do Juan Pablo, olhando o corpo destroçado, e torcendo pra que fosse um daqueles filmes nos quais, de modo muito inteligente, os velórios são suprimidos, já que são todos parecidos, e os roteiros pulam uma parte considerável de acontecimentos sem importância, e então meu pai apenas entraria no quarto, arrependido por ter virado a mão no filho e agido com tamanho desvario, e a mãe logo atrás, com a cabecinha enfiada entre a porta e o batente, também arrependida por ter esquecido o amor incondicional alardeado aos quatro ventos, os olhos vermelhos de choro, e a vó Dulce faria gelatina em mosaico pra amenizar os ânimos. Ali, parado, torcia pra que o tempo corresse, e pedia a você, Jesus, e também aos Terríveis, que eu não sabia o nome certo na época, mas que chamava assim porque parecia nome de banda de desenho animado, e eu gostava, eu pedia a vocês que tudo terminasse de uma vez.

Na televisão havia duas bandas de rock que ajudavam as pessoas. Uma delas era só de meninas vestidas de panteras que, com a ajuda de um gato, do empresário, e de um bicho alienígena que parecia de algodão, resolviam mistérios pelo espaço sideral. A outra era bem mais engraçada, eram três integrantes com superpoderes, um virava água, o outro tinha molas no pé, o terceiro não guardei como era, e os três juntos colocavam os bandidos pra correr.

Minha mãe proibia que eu chamasse vocês de Terríveis na frente das visitas, eu sei, dizia que era falta de respeito, que eram imagens muito antigas e herdadas da bisa, mas a mãe chamava a vizinha de vaca, e o nome da vizinha não era esse, e ela nem parecia realmente uma vaca, claro, então qual o problema? Bem, era assim que eu pensava. A mãe não gostava que eu chamasse vocês assim, ao contrário do pai, que achava o nome realmente bom pra uma banda de rock: os Terríveis! Jesus era o líder, obviamente, com os braços abertos agradecendo os aplausos, e tocava guitarra, e era quem fazia as melodias das canções, e tinha um coração que soltava raios, tatuado bem no meio do peito. O barbudo com um livro de partituras no braço era o baterista, e era quem fazia as letras, e era o melhor amigo de Jesus, amigo de infância, unha e carne. E a moça de véu azul com jatos de luz saindo da cabeça era a vocalista, muito louca, e carregava um lindo coração apunhalado, o símbolo da banda, e que eu sonhava um dia tatuar no braço. E o carequinha de marrom fechava a turma, era o baixista, e trazia o filho da vocalista no colo, que ninguém sabia de quem era, já que todo mundo namorava durante as turnês. Eu gostava de imaginar que aquele menino era eu, e que cresceria nos camarins dos shows, pegando poeira na estrada e sem ser obrigado a ir ao colégio.

Eu pedia a vocês, Jesus e os Terríveis, que, se realmente fossem uma banda, tocariam um som como o do Queen, que eu àquela altura já sabia que era rainha em inglês, e que também era um dos discos que meu pai e minha mãe ouviam bastante e que coloquei pra vender num sebo, implorava a vocês que as coisas se acelerassem até a manhã seguinte, ou ainda mais adiante, quando meu tio Roberto viajaria de novo até o Peru e traria embrulhado em plástico bolha outro Juan Pablo novinho, uma estátua de barro igualzinha, cheia de indiozinhos gravados em volta, na barriga, na bunda, nas coxas, um Juan bem parecido, pelo menos semelhante, mas que não teria esse nome, claro, ou talvez sim, pensei na época, em homenagem ao falecido. De qualquer modo, só me restou esperar. E rezar é uma boa forma de esperar. Rezar era como o morcego do Batman projetado no céu, um pedido de socorro.

Não ousei catar os restos do Juan Pablo porque se minha mãe entrasse e simplesmente não o visse onde deveria estar poderia ser muito difícil, um baita choque. Aprendi isso quando minha tia Laura sumiu de repente e, depois de muito tempo, depois de perguntar muito pra todo mundo, depois de mentirem pra mim dizendo que ela estava nas nuvens, perto de vocês, ou que tinha ido encontrar com minha bisa, depois de muita história me contaram que a tia desapareceu porque um motorista de caminhão não viu quando ela atravessou a rua. Foi angustiante pensar na tia quebrada em pedaços, como o Juan Pablo acabou ficando, e sem poder ter visto pra acreditar. Na televisão, eu via que os homens choravam os mortos, velório era isso, eu já sabia, e eu não pude ir ao velório da tia pra ver ela morta. Cansei de esperar que a tia chegasse com presentes, um novo Bob, um Adílson Fortuna, ou De Leon, ou o Sblibe Thompson, e o Batista, que acabei atirando nos cachorros da rua porque lascou na pontinha. A tia foi minha grande fornecedora de botões, eu adorava futebol de mesa, guardo minha coleção até hoje, e, como sei que foi duro nunca mais ver a tia, assim, tão de repente, nunca faria o mesmo com minha mãe, preferia que ela visse o Juan Pablo daquele jeito, a orelha número um embaixo do Estêvão, que era um sofá, a orelha número dois perto da porta, que não tinha nome, porque porta é tudo igual, e pedaços de indiozinhos nus em todos os cantos. Eu sonhava em ver os indiozinhos de perto, mas assim, daquele jeito? E pedia, e repetia: Jesus, solte um raio e acelere a história, e não faça minha mãe sofrer, e pule a parte em que meu pai chega também, eu só estava tentando ver os indiozinhos de perto. Jesus, toque um rock bem alto, pra eu parar de pensar.

O Juan Pablo já estava com a gente havia muitos anos e desde que apareceu ocupava o lugar de destaque aqui na sala de visitas, ali onde agora tem uma planta. O Juan Pablo era marrom, comprido, orelhudo, a boca meio de sino, e com diversas filas de indiozinhos nus. Várias vezes tentei ver o Juan Pablo de perto, o que exigia uma estratégia complexa. Tentei ver o Juan de pertinho subindo na Josélia, que foi da tia Laura e acabou vindo se juntar ao resto dos móveis da mãe, e com cuidado pra não amassar a Estelita, que já estava desbotada e com um furinho atrás, perto do zíper, que eu sabia que era furo de cigarro, porque tinha uma camiseta com um furo igualzinho em uma das mangas. De qualquer forma, me equilibrava nos braços da Josélia, me esforçando pra não cair pra frente ou pra trás, o que seria uma tragédia, pois, de um lado, cairia em cima do Juan Pablo, o que acabou acontecendo, e do outro lado me espatifaria em cima do Azevedo, que segurava as revistas da semana e outras mais velhas que a mãe se recusava a jogar fora. Eu só via o Juan Pablo muito de longe, ele lá em cima, no topo, meu braço esticado alcançava o ponto exato em que a coluna se alargava pra sustentar o quadrado de mármore, que é o lugar onde o Juan Pablo fica sentado. Digo, era. Ficava. Ficou sentado ali um tempão.

Eu estava fazendo velório, era como eu dizia, pra fazer graça aos adultos, mas rezava pra que fosse um daqueles filmes em que de modo muito inteligente essa parte é suprimida, já que os velórios são todos parecidos, e eu acho que já falei isso. Eu já falei isso.

Eu torcia pra que alguém dissesse algo, mas, sozinho em casa, só com você, Jesus, e os Terríveis, que nunca diziam nada, e nunca respondiam nada, apesar de minha mãe cismar que respondiam, ficava difícil aguentar. E o Estêvão, a Josélia, a Estelita e suas amigas, o Peter, com a lâmpada acesa dentro, a Janis Joplin, com um pé torto e um calço embaixo pro tampo não virar, rezava pra que todos falassem comigo sem parar, sem parar. Janis Joplin também é o nome de uma cantora que meu pai gostava, e tinha o disco, que também já foi pro sebo, e eu gostava de prestar homenagens a bons cantores colocando o nome deles em outras pessoas, ou mesas.

E eu disse bem baixinho, olhando direto nos olhos dos Terríveis: o elevador, é o barulho do elevador, sssss, olha os passos, olha o barulho fininho do sapato alto da mãe. Agora, soltem seus raios, por favor, acelerem, uma nota de guitarra, um rufar de tambor, tum-tum, tsssss, acelerem. E eu ensaiando baixinho: mãe, eu sinto muito, o Juan Pablo morreu. Tentei chorar um pouco. Ou será que deveria falar com mais tato? Pensei que seria uma boa se eu ligasse o som e colocasse o disco do Queen, com cuidado pra não escangalhar, e buscasse um copo d'água, e então empostei a voz e: Oi, mãe, olha, mãe, *oh, querida mãe, boa noite, oh, sinto muito, mas não trago boas notícias...*

Dez centímetros acima do chão

Hoje é o dia, escute bem. Os outros dois foram dias menores, o de hoje é o: o dia. O derradeiro. O dia da coragem. O pai falou assim: coragem covarde. Falou assim, da outra vez: essa coragem covarde do meu filho! Fez poesia com a história e chorou um tempão na frente do médico. Você está escutando, amigo? Estou falando muito baixo? É hoje o dia. Vem cá, vem comigo. O pai quer motivo pra chorar na frente das pessoas, e hoje vai ser o dia das soluções, o pai vai poder se desesperar com toda poesia que puder e eu vou fugir pra longe dele, e pra longe da mãe também, ainda mais, e pra longe dos vizinhos que nunca enxergam nada, que viram a cara pra mim, e pra longe da empregada, que olha até demais, e só você vai poder vir, você quer? O pai faz que não me vigia, fica de pé mantendo distância enquanto estudo na mesa de jantar, e encosta a orelha nas portas, liga três vezes por dia arranjando desculpa, se precisa comprar carne, se precisa comprar sabão em pó, e lê no sofá como se eu não fosse capaz de perceber seus olhos me acompanhando, disfarçando nas letras do jornal. Ele quer saber do que eu converso com você, e pensa que sou tonto. Ele não sabe que hoje é o dia, amigo, mas meus pés já entenderam, e doem. Meus pés doem em dia de prova de matemática, doem quando vou receber o boletim, doem quando entro em avião. Não tenho um histórico grande, andei de avião uma vez só, mas conheço meus pés bem o bastante pra saber que vão doer sempre que eu estiver nas alturas, é assim quando entro em montanha-russa, e foi assim no teleférico, aquela dor gelada no meio dos ossos. Hoje eu tô nas alturas, porque hoje é o dia. Meus pés, por isso, doem. Vou tomar um banho longo, lavar cada parte do corpo com capricho, das outras vezes também foi assim, esfreguei a pele com bucha, esfolei mesmo, como se quisesse tirar casca. Da primeira vez a empregada achou estranho, porque machuquei o rosto. Da segunda vez tentei disfarçar melhor, mas dava pra sentir os meus cotovelos em brasa. Não quero que ninguém suspeite, vou tomar cuidado, o pai é esperto, amigo. O pai mudou de comportamento. Você percebeu? O pai me enche de beijo, de abraço, fala da minha cor de pele tão branquinha, palavras sem cabimento, fala que vê graça no meu jeito de andar, como um filhotinho de pato, acho que rebolando, porque minha bunda é grande, fala da força da minha voz desafinada, e acho isso ridículo, ele copia as coisas que minha mãe diz quando está acordada. Meu pai mudou de jeito, e agora enjoa, é feio ver alguém fazendo tanta força pra nada. Nas manhãs em que o pai acorda sorridente, com aquele otimismo bobo, falando coisas que não cabem na cara, meus pés explodem de doer, porque é quando lembro que preciso ir embora. A ideia de ir embora faz meus pés latejarem de excitação, e eles estão doendo muito mais do que das outras vezes, é quase insuportável. E, quando acabar o banho, vou colocar uma roupa comum. Das outras vezes coloquei minhas roupas favoritas, e a empregada desconfiou, esse moleque está tramando, esse menino vai sair, ela pensou. Hoje vou vestir uma camiseta do dia a dia, e a calça que usei para ir ao médico ontem, e o tênis preto de sempre, só o cinto vou pôr um novo, o listrado que ganhei da vó, porque a empregada é tão esperta que vai desconfiar se eu estiver muito largado. A mãe também é esperta, mas só depois do meio-dia. Vou escovar meu cabelo diante do espelho, devagar, devagar, e meus pés vão doer. Doeram das outras vezes, porque me olhei no espelho, vi umas verdades que a gente só descobre quando se olha (minha mãe disse isso, uma vez, há muito tempo, disse que o espelho diz a verdade). Hoje, na hora de olhar no espelho, meus pés vão se contorcer, amigo. Então vou caminhar pelo corredor sem fazer barulho. Vou pisar com cuidado nos tacões soltos, manchados de sol, porque as cortinas despencaram, os mesmos tacos que sentiram meus joelhos engatinhando, e meus pezinhos descalços, cambaleando, aprendendo a andar sozinhos (eles deviam doer nessas horas), vou pisar com cuidado no chão que sentiu minhas pantufas, minha conga da escola, o sapato de comunhão, e que agora sente meu tênis de corrida preto, que quase não uso pra correr, mas que vou usar hoje.

Vou caminhar devagar pela sala, e talvez a empregada me vigie arregalada, como de costume. Essa empregada é esperta, amigo, mas tem medo de mim. Você entende, amigo, o que estou dizendo? Todo mundo, agora, tem medo de mim. Eu vou dar bom-dia à empregada e dizer que vou mais cedo pra escola porque preciso passar na biblioteca. Ela vai perguntar se quero almoçar antes, e vou dizer que não precisa, que só vou tomar um copo de leite, que vou comer um hambúrguer no trailer em frente à escola. Sei que ela vai querer chamar o pai no trabalho, vai interromper os versinhos que ele escreve enquanto finge digitar uns relatórios, e meus pés doem só de pensar. Nessa hora, antes de pisar na cozinha, vou me despedir da sala. As janelas fechadas (a mãe diz que entra muito pó), os quadros com moldura ressecada, todos tortos por causa da parede que está sempre trepidando (a mãe diz que não se fazem mais casas decentes), e as poltronas, e a mesa de centro cheia de bugigangas. A casa é tão apertada, você não acha? Eu cresci, ela foi apertando, meu coração não cabe (e isso é poesia). Acho que minha mãe comprou muita coisa pra ocupar os espaços, pra tentar mudar o que, no fundo, sempre continuou igual, pelo menos pra mim, só que menor, mais apertado, você está entendendo? A mãe é esperta, mas ela prefere encher a casa de coisas, pra então poder dormir até a hora do almoço. O pai deixa, ele também é esperto. Você já percebeu que, aqui, todo mundo é muito esperto? Meus pés estão quase explodindo de dor, nunca senti meus pés assim. Vou pisar firme nos ladrilhos da cozinha, e os ladrilhos não são os mesmos da minha infância. A mãe mandou trocar só os rejuntes, mas os antigos se quebraram na obra. Eles eram brancos, agora são salpicados de marrom, é melhor pra manter limpo, fica mais fácil pra empregada. Eu vou abrir a geladeira e tomar um copo de leite. Sei que a empregada vai ficar atrás de mim, e sabe o que eu vou fazer? Vou deixar o copo quebrar no chão (eu também sou esperto). A empregada vai pedir pra eu me afastar e eu vou ficar no canto, esperando. Ela vai abrir a porta que separa o quintal do resto da casa. É lá que fica o lixo e a pá de lixo. Então vou sair correndo, amigo. E só paro na curva, na praça que está em reforma, aonde o metrô vai chegar, onde eu brincava quando era menor. Ali, meus pés vão doer mais do que nunca. Mais do que agora, mais do que das outras vezes. Vou descalçar os tênis e meus pés vão pisar a areia fofa, atravessar o gramado ralo, a terra molhada do sereno, e vão parar na beirinha. E vou olhar o buraco lá embaixo, todo mundo trabalhando. A altura vai aumentar a dor, vai ser indescritível, vou respirar fundo e, então, levantar um dos pés, acho que o esquerdo. Não vai fazer diferença, não vou precisar mais de sorte. Estou tão ansioso que não vou ter jeito de escrever uma carta e, de qualquer forma, já escrevi duas antes, e vou só colocar assim: vide as anteriores, o que você acha? Meu pé esquerdo, pisando o vento, vai abrir o ar em dois e me levar (isso também é bem poético). Sei que você vai correr atrás de mim, vai começar a latir quando meus pés estiverem a uns dez centímetros do chão. Mas não vai dar tempo, sabe? Com um pouco de sorte (aquela que eu disse que não ia mais precisar), depois de alguns segundos meus pés vão parar de doer.

Arabescos

Tem alguma coisa estranha, alguma coisa estranha por aqui, você diz, mas não sei bem o quê, não sei bem do que você está falando. Pode ser que esteja estranhando os arabescos em neon, ou os adornos retorcidos que emolduram o teto, ou as colunas coríntias forradas de figuras orientais, e que esteja enfileirando seus velhos comentários sobre as manias decorativas, esse choque artificializado do tempo, essa tendência onipresente na arquitetura de estabelecimentos modernos, muito modernos, esse esforço hercúleo em parecer moderno, e você comentou algo sobre a mistura saturada do antigo com o tecnológico, não comentou? Foram mais ou menos essas as palavras que você usou: a mistura saturada do antigo com o tecnológico. É sobre isso que você está falando, não é? Você diz: tudo aqui é falso, olha bem de perto, não notou? Mas minha revolta com o sistema de reservas ainda não chegou ao fim, e ainda preciso de alguns minutos destilando essa raiva aqui dentro, e é por isso que não sei exatamente sobre o que você está falando, cacete, e não, não me diga para relaxar de uma vez e aproveitar a noite. Reserva efetuada há semanas, e confirmada pelo telefone, uma viagem finamente desenhada, planejamos estar aqui, hoje, hora redonda, e aqui estamos cumprindo nossa parte do trato, e você não vê problema em ocupar a última mesa da última fileira do último salão do restaurante. *Stoooop the drama, honey*,[1] é o que você me pede, e com esse seu excesso de humor, e o sotaque cheio de chiado. Ai, esses seus excessos roubados das comédias americanas! Ocuparemos a última mesa então. Ótimo. E ali, naquela mesinha mal encaixada na decoração, ficaremos camuflados, e a trupe de garçons antenados com o mundo mas pouco afeitos à conexão com os clientes encontrará o álibi perfeito para nos ignorar, essa pilastra convenientemente intrometida entre nós e a saída da cozinha. Uns garçons muito amigos, parecendo tão convidados ou pagantes quanto nós, desfilando cordiais, prontos para ter os deslizes perdoados, contando com nosso medo de não parecer gente contemporânea, educada, cosmopolita, descontraída. Seremos abandonados, é a previsão para a noite. Estamos no meio das férias e você ainda não afrouxou as defesas, você diz, ou diz algo parecido. Ainda não relaxou, você diz, e repete, ainda não, ainda não alguma coisa, alguma coisa sobre defesa, você repete, outra vez, e outra vez, mas não sei bem do que você está falando. O que é que você tanto fala? O que quero saber é por que estamos encarapitados no canto do salão quando trinta ou quarenta por cento das mesas estão vagas, inclusive essa aqui, ao nosso lado, quase encostada à nossa. Você consegue responder essa?

1 *Paaaare com o drama, querido.*

Vamos pular para outra mesa, você sugere, e bufa. Eu não, não pulo, ainda sei me comportar, conheço os salamaleques, não quero ser repreendido pelo olhar desses franceses. Você olha ao redor. Os garçons parecem importados de todos os cantos do mundo, você diz, mas poucos parecem realmente franceses. Faz parte da receita, parecer internacional ao extremo, a ideia é parecer uma porção de coisas, muitas coisas, a ponto de entorpecer. O chão foi desgastado com soda cáustica, você comenta, para aparentar bastante uso, você segue comentando, é para ficar com esse aspecto de cem anos, você continua, e segue falando e falando, reprova cada detalhe da decoração, você sempre faz isso. Sou eu que pago a conta da sua frustração vocacional, você queria ser arquiteta ou veterinária, mas está aqui comigo. Onde se escondeu a garota que deveria nos trazer os cardápios? E você me pede calma, *caaaalm down, honey,*[2] de novo, dessa vez com aquele sorrisinho abafado e a mão fechada, cobrindo as palavras, dissimulando languidamente, e em inglês, como se tossisse, os olhinhos virados para os lados.[3] Sei bem o que você quer dizer com os olhinhos virados. Está com vergonha do meu humor? Não se esforça em compreender meus incômodos, e minimiza, finge sempre saber o que estou prestes a dizer, antecipa minhas reclamações com esses olhinhos virados. Vamos pedir os pratos, você sugere, vamos pedir de uma vez, você completa. Pedir a quem? E você levanta o braço direito e desenrola um inglês com a língua e o contorno

---

2 *Acaaalme-se, querido.*

3 *Olha o vexame.*

dos lábios, *please*,[4] mocinha, cadê você, e articulando cada letra, sussurrando alto, essa mania de misturar português com inglês e acreditar que o ritmo das palavras garantirá o sucesso da comunicação, como se estivéssemos a uma quadra de casa, como se falasse com suas amigas, e gesticula amplamente, uma coreografia de braços jogados na cara de qualquer um que passe, como uma italiana. Um dia você acerta o garçom e vai ver o que é um parisiense. Mas você não está interessada em escutar, então não digo mais nada, não quero abrir caminho para mais uma de suas tossezinhas cheias de olhinhos e sorrisos. E a mocinha que nos trouxe até a masmorra vem voltando com um novo casal a reboque. O marido tem feições indianas, tem jeito de indiano, quase dá para sentir o cheiro de especiarias, e a esposa parece ocidental, mas vem com um pano na cabeça, o pescoço e o cabelo envoltos em uma longa seda com desenhos abstratos e coloridos. Eu não sei do que se trata, nunca ouvi falar de indianos muçulmanos, ou será que sim? Os panos de seda estão na moda? Você não responde, também está com a atenção enfiada no casal. A mocinha os acomoda justamente na mesa colada à nossa, e deixa os dois tão próximos quanto um casal amigo que por acaso estivéssemos aguardando. O marido é gordo o suficiente para encostar a ponta engomada da manga curta no seu braço. Você também já foi mais magra. A esposa se acomoda ao meu lado e penso no perfume doce e enjoado misturado à refeição. É um restaurante de comida moderna, você diz, *fusion food*,

4 *Por favor.*

fuuuusion fooooooood,[5] ou algo assim. Vamos comer um prato com leve perfume indiano, você ri, é uma de suas piadas. Eu não quero e não vou rir. Até os pratos chegarem já nos acostumamos ao cheiro, você complementa. A mocinha deseja que o casal se divirta, *enjoy,*[6] naquele registro simpático e anasalado que agora escuto em qualquer restaurante do mundo, padrão de contemporaneidade. Você segura a mocinha pelo cotovelo de um jeito delicado, esse seu jeito delicado de pegar nas pessoas, e a garota pede um minutinho, *just a minute,*[7] e escapa. Revoltante, não é? Você já está revoltada? Ou ainda não? Você lança a pergunta: quer ir embora? Mas a mocinha já está de volta com quatro cardápios gigantescos, encadernados em capas de madeira talhada, e decide ser ágil, liberando a antipatia em pequenas porções, temperando nosso ar com rasgos comedidos de atenção, biquinhos, piscadelas, e entregando um cardápio para cada um dos quatro comensais, como se fôssemos realmente melhores amigos e estivéssemos adorando a ideia de dividir uma mesa com uma fenda no meio. *La carte des vins, s'il vous plaît.*[8] Gosto tanto do seu francês,[9] você arrisca. Ai-lóvi-iú,[10] é o que respondo com aquele meu jeito de explodir o subtexto na superfície. E penso que você é minha mulher, me dou conta disso, e venho pensando nisso, mas retomo esse pensamento por pouco tempo, minha atenção, agora, é do

5 *Cozinha de fusão, coziiiinha de fuuuusão.*

6 *Aproveitem.*

7 *Só um minuto.*

8 *A carta de vinhos, por favor.*

9 *Seu francês é uma merda.*

10 *Meu francês é uma merda, mas o seu inglês é pior.*

marido gordo. O marido sacou a câmera digital e aponta para o teto. O marido gosta dos arabescos, do rococó, da pintura multicultural, da temática levemente budista, e mira o reboco encardido quimicamente, mira o chão de soda cáustica e rompe a delicadeza do projeto de iluminação com uma série de flashes. Gosta da proposta, ou não, talvez não aprecie tanto a decoração e goste mesmo é de fotografar, um japonês de pele escurecida. Joga a lente na direção da esposa e a esposa protesta. A esposa faz que não com a cabeça, sem emitir sons, e sobe o lenço do pescoço até o queixo, e abaixa a câmera do marido com a outra mão, nervosa. E séria. Bem séria. Você olha para mim e eu arqueio as sobrancelhas.[11] Fica estabelecido, a partir daí, nosso foco de entretenimento, a carta de vinhos chega e, enquanto você distrai a mocinha com perguntas sobre dois ou três pratos, nesse seu inglês carregado de erres e esses, eu escolho a bebida o mais rápido que posso, sondo as uvas e as marcas, equaciono com os valores da coluna da direita, e pronto, conseguimos fazer o pedido do vinho junto com o pedido dos pratos, sem permitir que a mocinha escape outra vez. Dá até tempo de pedir uma água com gás, sem gelo, a mocinha já indo embora, já virando o corpo e exibindo o decote profundo das costas. A efetivação do pedido é uma pequena amostra de nosso casamento eficaz, um trabalho de equipe afinado, e em alta performance, o paladar rodado em quilômetros aéreos, nossa tática para enfrentar garçonetes de vanguarda, um estilo muito próprio. O casal ao lado também faz o pedido, os dois conseguiram atrair a atenção de

11 *Gente estranha, acho que teremos diversão.*

um garçom distraído, certamente novato, e apontam as opções no cardápio gigante. Na verdade, é o marido que aponta. A esposa concorda com a cabeça e aceita todas as sugestões. Reparou que ainda não ouvimos a voz dos dois, você comenta, e a esposa olha imediatamente na sua direção. Eu arqueio as sobrancelhas outra vez,[12] agora de um jeito diferente, a sobrancelha da direita mais alta que a da esquerda. Percebi, você diz, sem emitir som, os lábios dando voltas e articulando as sílabas, daquele jeito. Você entendeu minhas sobrancelhas, estamos nos comunicando. Podemos parar de falar em sussurros? Você balança a cabeça para a frente, em câmera lenta,[13] e pergunta se não deveríamos falar em inglês, para evitar que nos compreendam. O mundo fala inglês, espertinha, especialmente os indianos, vamos ficar no português. Tem razão, você conclui, e olha para o lado para confirmar se são mesmo indianos, e então arregala os olhos na minha direção, as pálpebras quase viram do avesso, e então comprime os lábios.[14] O marido vasculha a câmera, abre sorrisos diante de algumas fotos, quase infantil. Uma das fotos merece ser compartilhada e o indiano aproxima o visor bem perto do nariz da esposa, bem perto, e a esposa recua o pescoço alguns milímetros para fugir da foto, está ainda mais séria. Agora é sua vez de arquear as sobrancelhas,[15] e recua o pescoço milímetros para trás, é uma brilhante imitação do pescoço da esposa. Eu mordo o canto do meu lábio e

---

12 *A esposa percebeu que estamos falando dela.*

13 *Siiiim.*

14 *Sim, são indianos. E bem estranhos.*

15 *Você viu isso?*

reteso as pálpebras inferiores,[16] mas você protesta, *she was noooot looooooooking, asshole*,[17] e diz isso com o rosto inteiro, um festival de músculos de fazer inveja a qualquer ginasta, e eu solto uma risada, tento simular graça na sua paródia do pescoço, e também acho ridículo o disfarce em inglês, ridículo, bem ridículo, você não aprende mesmo. E a mocinha se aproxima com o vinho e a água. A água veio sem gás, mas você minimiza torcendo o canto esquerdo do lábio e jogando a mão para a frente com gestos curtos e repetidos.[18] Juro que pensei em reclamar, e quase mando voltar, mas já estou entretido no ritual do vinho, giro e provo o líquido dentro da taça, cheiro, volto a provar, anuncio o veredicto com um meneio leve de cabeça,[19] e você faz carinha de quem gosta do meu meneio. Mas dessa vez não retruco, talvez meus gestos estejam mais refinados, assim como meu francês, talvez minha pronúncia venha mesmo melhorando, as viagens educam. Batemos as taças no ar.[20] O marido desvia o olhar do visor da câmera e observa nossa degustação discretamente. Enquanto isso, você passa os dedos sobre as costas da minha mão direita.[21] E dá uma série de três tapinhas.[22] O marido olha para a esposa e arqueia a sobrancelha, jogando o queixo levemente para baixo. Está oferecendo vinho à esposa, é isso que está fazendo. E, como se

16 *Ela tá olhando, imbecil.*

17 *Ela nããão estava olhaaaando, idiota.*

18 *Deixa pra lá, eu bebo sem gás, a noite está mesmo uma bosta.*

19 *O vinho está bom, pode servir.*

20 *Saúde.*

21 *Você, às vezes, acerta.*

22 *Às vezes, ok?*

assistisse a uma peça de teatro e esperasse a contracena da atriz, eu giro o pescoço e olho para a esposa, uma falha inconsciente. E a esposa olha para mim, os olhos enfeitados e delineados, um olhar incômodo. Sorrio.[23] A esposa, séria: a quarta parede foi derrubada. E volto a olhar para você, deixo que o constrangimento desabe sobre nós, as duas mesas invadidas por uma intimidade indesejada, e você fala algo sobre o vinho, mas não sei o quê. Agora, não sei dos movimentos da esposa, não consigo sequer um soslaio, estou petrificado, intimidado pelos olhares trocados, e bebo um longo gole. Presumo que a esposa tenha recusado a proposta do marido, que não queira beber vinho, e que não haverá álcool na mesa ao lado. O silêncio se prolonga até a nossa mesa e você tenta interromper o silêncio, quer relembrar vinhos do passado, de outros jantares, em outros países, lembra daquele, naquele lugar, naquele ano, mas minha memória não anda boa, não sei bem do que você está lembrando. O silêncio do casal está definitivamente enganchado ao nosso jantar. Os pratos chegam, os quatro, juntos. Meu prato vem trocado com o do marido, e a mocinha se desculpa do jeito mais amável que tem em seu repertório, oh, *sorry*, *sorry*,[24] e desfaz o erro. Eu espelho a amabilidade da mocinha, solto meu sorriso na mesa ao lado e olho novamente para a esposa. Séria. *Big confusion*,[25] você diz, *biiiig confusion*,[26] você repeeeete, e também solta sua risada contra os dois, e o

23 *Boa noite, você me flagrou.*

24 *Oh, desculpe, desculpe.*

25 *Grande confusão.*

26 *Graaaande confusão.*

marido ri. A esposa, séria, mal tocará no prato, e mal levantará os olhos. Você conversa comigo, agora sem parar, tenta recapitular o dia cheio da viagem, mas todas as palavras estão pesadas, uma carga amarrada a cada verbo, a cada adjetivo, a cada maravilhoso, a cada deslumbrante, a cada romântico, a gravidade da esposa fere suas tentativas, esgota, afunda as igrejas, os museus e os monumentos em um rio lacônico. Falta sal no meu risoto de frutas vermelhas do bosque. Sua pressão, você diz, cuidado, você alerta, mas quero sal. Chega, você adverte, mas misturo ainda mais sal ao risoto de frutas vermelhas do bosque. Reconheço uma amora. Como a amora separada do arroz. O marido fotografa o próprio prato, já meio mexido pelas bordas. A esposa, então, se levanta, põe o guardanapo sobre a mesa com uma delicadeza determinada, e sai. O banheiro, provavelmente. A esposa é alta. O marido aproveita e fotografa o prato dela, praticamente intocado. A esposa pediu a mesma coisa que você, mas você pediu para trocar o tipo de batata, você sempre substitui algum elemento do prato, e não estou exagerando, você sempre faz isso. Eu não trocaria se fosse o restaurante. Você não é o restaurante, é o que você revela bombasticamente. Nossa, eu não sou o restaurante! Você deixa o queixo franzido e aproxima as pupilas.[27] Ninguém faz ideia do transtorno que esse tipo de substituição provoca no andamento da cozinha. Mas você não quer saber, diz que está pagando, e segue com suas justificativas grosseiras. Mas sei como são as coisas numa cozinha, minha mãe trabalhou na administração de um restaurante anos e anos, eu

27 *Como você é ridículo...*

sei da balbúrdia. Você cerra os lábios, abaixa os olhos com graça, e esfrega o guardanapo com um refinamento rebuscado.[28] O marido agora estica os braços e fotografa a cadeira da esposa, quer o detalhe da extremidade, uma pinha dourada com as pontas torcidas para fora. A esposa retorna. O marido a observa: a esposa nada diz. O marido oferece uma prova de seu prato, mas a esposa recusa. O marido insiste, a esposa não quer, e afasta o garfo com violência, ainda que contida, e grãos de cuscuz se espalham na toalha. O marido olha discretamente para nossa mesa. Um punhado de cuscuz transpôs a fenda e chegou ao pé da minha taça de vinho. O olhar disfarçado do marido cruza com o meu, também disfarçado, e nossos olhares se cruzam ao pé da taça, o que me força a mais um gole de vinho, no desespero de partir a conexão. A refeição segue veloz, a mocinha chega para recolher os restos. Acho que bebi muito rápido, talvez tenha dito isso a você, não sei. Eu disse alguma coisa? Você não fala nada, está imaginando o tamanho do meu pileque. O prato da esposa volta para a cozinha quase inteiro, uma ave qualquer, algum verde, e cuscuz, sempre cuscuz, além das batatas diferentes das suas. Pedimos a sobremesa. A mocinha resolveu dar atenção redobrada a nossas mesas, sabe-se lá por quê. *Nous... Nous... Nous allons dividre...* Hã... *Diviser.*[29] E você, alcoolizada, seguramente alcoolizada, *to shaaaare,*[30] sempre sublinhando o que eu digo, e parte a palma da mão direita com a serra da esquerda, simulando

28 *Não quero falar da sua mãe.*

29 *Nós... Nós... Nós vamos dividar... Hã... Dividir.*

30 *Dividiiiir.*

uma faca, e desfere três golpes contra a mão, o terceiro mais lento,[31] e sabe que está me irritando, quer me contrariar, e já estou contrariado. Um papagaio em tradução simultânea. É para seus amigos entenderem, você diz. Você bebeu mais do que eu, é minha conclusão, e é sua vez de pedir licença e ir ao banheiro. O marido teve a mesma ideia. Você e o marido se levantam numa coreografia atrapalhada, esbarram-se, e o marido não abre caminho, toma o rumo na sua frente, um avesso de cavalheirismo. Ficamos a sós, eu e a esposa, um ao lado do outro, e decido que é hora de admirar os detalhes do teto. Acompanho o desenho até chegar à coluna atrás de mim, torcendo o pescoço de um jeito que me permita observar melhor a esposa. Mulher bonita. Os olhos fechados, como se meditasse, ou como uma dor de cabeça. Gasto alguns segundos na esposa de olhos fechados, a metade da testa exposta e lisa, os cílios longos e negros abaixados como uma cortina, a boca num vermelho discreto. Observo ainda mais, com força, e jogo energia em minhas pupilas,[32] quero ser novamente flagrado pela esposa, mas a esposa não abre os olhos. Derrubo o saleiro, provoco um barulhinho, o vidro do saleiro contra o cristal da taça,[33] e nada, a esposa não está ali. Bebo mais um gole, os últimos momentos do vinho, a sensação boa da embriaguez na medida certa. Ainda com a taça na boca, noto sinais de vida a meu lado. Os olhos se abriram, sim, e a esposa arrasta os dedos até a câmera, pinça a maquininha entre o polegar e

---

31 *Dividir! Dividir! Di-vi-dir!*

32 *Abra os olhos. Abra os olhos. Abra os olhos.*

33 *Vai, abre os olhos, vai, vai...*

o indicador, e então parece passar as fotos uma a uma, em velocidade crescente. A impressão que tenho é que despertou do transe apenas para vasculhar a câmera. Talvez procure uma foto específica. Talvez o marido não permita que ela veja as fotos. Talvez seja vetado às indianas ver o marido em fotos, pode ser uma questão de casta, pode ser algo do gênero, pode ser muita coisa, mas o fato é que a esposa aperta os botões com a ponta do indicador, a ponta da unha, sem tomar fôlego. Botão, botão, botão, era nisso que pensava com os olhos fechados. A esposa pensava nas fotos do marido. Busco as imagens com o rabo do olho, mas a esposa abandona a câmera repentinamente, devolve à mesma posição, junto ao vasinho de flores, mesma posição, perfeito. O marido vem voltando, é isso. Nada aconteceu, tudo está igual, a mesa vazia aguardando a sobremesa, a câmera, uma trilha de grãos de cuscuz na toalha. Você também retorna. Não sei se repassou a maquiagem, não sei se fez xixi ou se escovou o cabelo, mas há algo diferente. O ar-condicionado está congelante, você diz. Colocou a jaqueta, é isso. Você veio carregando essa jaqueta desde que saímos do hotel? É uma jaqueta nova. Desde quando você gosta dessa cor? As sobremesas chegam, dividimos um creme inglês com toques de gengibre, é o que dizia o cardápio. O marido ganha uma taça de outro creme qualquer, arroxeado. A primeira colherada é do marido, a segunda também, e a terceira colherada é oferecida à esposa. A esposa olha para a colher estendida, talvez encare o marido, mas não arrisca nenhum movimento. O talher suspenso no ar, o creme roxo escorrendo. A terceira colherada também será do marido, a colher retorna à boca do indiano e o creme segue escorrendo, no cabo, no bigode, na lateral dos dedos. A esposa está de olhos fechados outra vez, tenho certeza. Pouco bebeu do suco amarelo e sem gelo. A esposa guarda as mãos embaixo da mesa. O marido raspa o fundo da taça. A mocinha volta e quer imprimir velocidade ao fim da refeição. O restaurante lotou, agora percebo. *Coffee?*[34] Dedos em forma de vê.[35] O marido também quis café. Dedo para cima.[36] A mocinha olha para a esposa, e nada. *Three coffees*,[37] a mocinha ratifica com os dedos, como se ainda fôssemos quatro amigos. A esposa volta a se levantar. Banheiro de novo? O constrangimento visita as mesas, mais uma vez, como se fôssemos mesmo uma família. Chega o café, e bebemos. Chega a conta, muito eficiente, e sem erros. Passam-se os cartões de crédito. O aparelhinho remoto, a senha. Limpam-se as bocas, esfregam-se as mãos. A esposa não retorna do banheiro. Não nos movemos, não sei exatamente por quê, não temos mais nada a fazer aqui. O marido finalmente retoma a câmera nas mãos. Noto a surpresa nos lábios entreabertos, um gemido nos olhos. Está levemente aterrorizado. O marido aperta os botões da câmera, velocidade crescente, e não há luz refletida em seu rosto, parece tudo preto na tela da câmera. Você agita a cabeça, direita, esquerda, direita, esquerda, e os olhos arregalados para mim.[38] Eu custo a en-

34 *Café?*
35 *Dois.*
36 *Um pra mim também.*
37 *Três cafés.*
38 *Meu deus!*

tender, e você volta a colocar os olhos na câmera, jogando o pescoço para trás. O marido procura na direção da escada. A esposa, onde ela está? Você volta a me olhar, uma tensão absurda esticada entre nossas órbitas. Minha testa agora está franzida.[39] A mocinha chega bem perto do marido, curva-se e fala algo em seu ouvido. O marido tem agora o rosto consternado, há uma tensão nas têmporas, as maçãs do rosto, mandíbula travada, uma incompreensão nos músculos. Lança um olhar final para nossa mesa, quase um cumprimento, primeiro eu, depois você, e parte, sobe a escadaria que leva aos banheiros, ao bar, à saída, a todos os lugares. A mocinha permanece de pé junto à mesa e, depois de alguns segundos, vai embora. Eu e você continuamos a nos olhar. Estamos estranhamente abalados por tudo aquilo. A câmera sobre a mesa, entre a xícara de café vazia e o vasinho de flores. As flores são frescas, não são de plástico. E a câmera, ali. A bolsa da esposa pendurada na cadeira, a fivela da alça camuflada na pinha do espaldar, tudo dourado, as pontas da pinha, ainda curvadas para fora. E a câmera. Nós nos levantamos, também subimos a escada que leva a todos os lugares. Você não quer ir ao banheiro? Pense bem, é uma caminhada razoável até o hotel. Você olha na direção dos banheiros, avalia, mas decide que não. Melhor não, você diz. Saímos. O ar frio alivia o calor do vinho. Caminhamos para a esquerda, sete ou oito quarteirões. Nas viagens, gostamos de andar a pé, e de mãos dadas. Então, adormecemos em silêncio.

---

39 *O que está acontecendo?*

Orcas

O comandante pediu permissão pra aterrissar e recebeu como resposta uma sequência de letras e números, uma sequência longuíssima, que significava que sim, poderia descer as toneladas de aço na pista. Era a viagem de número quinhentos e qualquer coisa naquele equipamento, termo que as pessoas que voam usam pra falar dos aviões, e o comandante cumpria sempre o mesmo roteiro, acionava e desconectava os mesmos botões, via piscar e apagar as mesmas cores e recitava as mesmas solicitações, pra então ouvir de volta as mesmas instruções.

Sei como é. Faço isso todos os dias. Saio pra trabalhar, sempre com urgência. Desço no elevador, sempre arrumando o cabelo. Entro no carro, sempre tirando o sapato alto e colocando no banco do carona. E, como sempre, passo batom olhando no retrovisor. Sempre. É verdade, sempre assim. Passo batom dentro do carro até mesmo quando não estou atrasada, o que é raro. Rotina, automático. Quando saímos de carro nos fins de semana, geralmente usamos o outro carro, o carro do outro lá, aquele outro lá, mas quando por acaso usamos o meu, e me vejo sentada à frente do volante, vem a vontade incontrolável de abrir a bolsa e passar batom. O nome disso é condicionamento. Como um cachorrinho ensinado. Um papagaio de realejo. Aquelas orcas de parques e aquários. E a verdade é que quase sempre abro a bolsa, e pego o batom, e repasso o batom nos lábios que já pintei meticulosamente diante do espelho gigante do nosso banheiro. É mesmo uma compulsão. É. É mesmo. O outro, o outro lá, ele reclama, mas tudo ok, é um desses homens que se aborrecem com tudo, um homem que evolui para o marasmo a passos largos. E respondo que preciso apenas retocar, não há como responder outra coisa, não cogito nem de longe a possibilidade de assumir a loucura, essa vontade de pintar a boca de vermelho toda vez que me vejo no reflexo do retrovisor do meu carro. Nunca confessaria. Afinal, em que isso pode afetar a vida das pessoas?

No caso do comandante, em seu quingentésimo voo no mesmo equipamento, é uma informação que poderia ter feito diferença. Ele realiza sempre o mesmo procedimento, está adestrado às mesmas palavras e ações. Mas, no dia em questão, as coisas não estavam da maneira que deveriam estar. Sim, essas coisas acontecem. Ele aciona um botãozinho azul todas as vezes que precisa aterrissar. Não gasta muita energia com isso: estende o braço direito, descola levemente as omoplatas da cadeira e pronto, aperta o botão. E foi o que fez naquele dia. Mas o componente que o pequeno botão azul costumava acionar não estava disponível no voo. Foi desse jeito que saiu na imprensa: não estava disponível. Como se fosse um serviço telefônico. Como se fosse uma locadora de vídeo. Não estava disponível, o componente. E ele sabia disso, fora avisado incessantemente sobre isso. Não me perguntem que componente era, esse tipo de notícia eu não consigo guardar por muito tempo, os detalhes desaparecem no dia seguinte, mas sei que era um botão azul e sei que apertá-lo não iria adiantar nada daquela vez. E não adiantou. O aparelho não respondia e, para substituí-lo, o comandante deveria puxar uma alavanca que nunca puxava, ou deslizar uma chave que nunca deslizava. Mas não foi isso que aconteceu. Ele apertou o botão azul, e não puxou a alavanca, e não deslizou a chave. E o aparelho que não funcionava com o botão azul, claro, não funcionou. O aparelho não existia, é fácil de entender. Parece simples, parece uma coisa à toa. Um hábito somado a uma mudança insignificante no cenário de todos os dias de trabalho, e cento e vinte e duas pessoas desaparecem do globo, e mil pessoas sofrem de forma direta, parentes e amigos, e milhões de outras ficam chocadas à distância, e bilhões de curiosos querem saber o que aconteceu de verdade. E o que aconteceu de verdade foi que um detalhe corriqueiro, em uma rotina já calcificada na cabeça de um comandante com mais de quinhentos voos no mesmo avião, foi o suficiente para extinguir cento e vinte e duas vidas. Um botão, um lapso, uma montanha e um avião a duzentos quilômetros por hora: acabou.

Essa história me incomodou de forma inédita. No dia seguinte ao acidente abri minha bolsa à mesma hora de sempre e repeti a cena patética que protagonizo toda manhã, mas fiquei olhando para o batom suspenso em frente a minha boca. Como um comediante. Não sei quanto tempo passei com o bastão vermelho apontado, e não tenho como saber, mas imagino a cara de louca estampada ali. Estava congelada. O pânico caminhava pela cabeça, crescia dentro do crânio, eu podia sentir a pressão, e minha vontade era jogar a bendita maçaroca pra longe da minha boca, do meu carro, pra longe da minha vida. O porteiro do prédio bateu no vidro, e eu já devia estar ali havia pelo menos um minuto, com o motor ligado e os lábios pálidos de terror. O porteiro deve ter ficado preocupado, provavelmente havia aberto a porta da garagem assim que me viu descer do elevador, como fazia todos os dias. Pobre condicionado, mais uma orca sem batom. Ele também deve ter ficado parado, me olhando durante um tempo, esperando que a louca passasse o batom e tirasse o equipamento do caminho. Aproximou-se de mim, bateu no vidro do equipamento e eu abri. Abri e apontei o batom na direção dele. Imaginem isso. Imaginem o que se passou na cabeça daquela orca. Eu era uma insana, às oito da manhã de uma quarta-feira, apontando um batom na direção dele, e sem dizer nada. Não dei nenhuma satisfação ao rapaz. Ele pegou o batom e eu saí acelerando.

No primeiro semáforo parei e puxei o ar. Devo ter dirigido por dois quilômetros sem respirar. Não dei a mínima pras buzinas dos carros parados atrás de mim: o sinal não estava fechado. Que os carros estourassem por dentro. Que o trânsito fosse tomar no cu. Estava preocupada com a minha sanidade. Precisava daquele momento meu, longe de casa, longe do outro, do outro lá, e do porteiro, e do batom. As buzinas não paravam e resolvi colocar o carro pra andar. Só parei no estacionamento do trabalho. Estava salva. Ajeitei o cabelo, estava com uma aparência estranha, mas não passei batom. De alguma forma estava decidido que nunca mais passaria batom dentro de um carro. Antes ou depois: dentro de um carro, nunca. Ajeitei mais uma vez o cabelo, tirei os anéis e peguei um tubo de hidratante no porta-luvas. Passei o creme nas mãos vigorosamente, conforme indicado, indo até os punhos, quase nos cotovelos. Outro hábito diário gritando na minha frente e me acusando de maníaca. Maníaca. Maníaca. Qual o sentido? Qual o sentido de passar hidratante dentro do carro todos os dias logo depois de estacionar na minha vaga? Por que não faço isso em casa? A cena ridícula de tirar os anéis pra que não fiquem aquelas sobrinhas de creme nas bordas e nas ranhuras. Em dias de calor os anéis não saem com facilidade, e massageio os dedos com o hidratante pra poder tirá-los. Entende a questão? Eu aplico hidratante pra justamente tirar os anéis e passar hidratante. E entupo os braços com creme cheirando a salada de fruta. E nem sequer tenho problema de ressecamento das mãos. É a tara em absorver todos esses costumes norte-americanos, o mundo vai acabar em propaganda, todas as mulheres do mundo precisam ficar hidratadas, e macias, com aquela camada lisinha sobre a pele, cheirando a sapoti, como as norte-americanas, mas que raio de mania essa de hidratação intensiva vinte e quatro horas. É como a garrafinha de trezentos mililitros de água mineral que deixo no porta-trecos do carro: entro e já vem a sede, vontade de molhar a garganta com água pura da fonte, aquele desejo inconsciente de me purificar, a imagem da neve em degelo, formando um rio, e eu nadando numa nascente de águas medicinais. Pra que tanta água se assim que chegar ao trabalho vou direto ao banheiro? Pra que tanto xixi? Decisão do dia número dois: não preciso de hidratação, quero morrer com a pele seca, sem viço, e arfando de sede. Alguns anos atrás eu não fazia essas coisas, e era feliz, não me sentia tão ressecada, e o mundo não tinha esse desvario compulsivo por células transbordantes. Pro inferno todas as loções de tratamento, vivo em uma cidade úmida até as tampas, eu praticamente nado, não ando.

Saí do carro e joguei o tubo de hidratante e a garrafinha de água na primeira lixeira. Livre do afogamento, fui direto ao banheiro. Lá, sim, passei o batom reserva. Não era a cor predileta do mês. A cor do mês ficou na garagem do meu edifício com o porteiro, e a essa altura já devia estar na boca de alguma namoradinha de escada. Tive que me sujeitar à cor predileta do mês anterior. O outro, o outro lá, ele acha que é exatamente a mesma cor, estava comigo na loja do aeroporto quando gastei alguns minutos tentando decidir qual batom levaria. São idênticos, o outro disse. Muito bem, muito bem, vá escolher entre seu uísque de dezoito anos e o de não sei lá quantos, pra mim também são todos iguais, com guaraná não sinto diferença, deixe-me em paz com os batons, enfileirados, dégradé, matizados em nuances sutis. Escolhi o de cor magenta heureux, lançamento quente. Era discreto, cheio de personalidade, e deve estar lindo na boca da empregada sortuda. Precisarei me contentar com um magenta não tão heureux assim. Passei o batom. Aquilo, sim, era lugar pra me maquiar, bastante luz, espaço, azulejos branquinhos, entre quatro paredes. Em seguida fiz xixi e me senti um pouco menos hidratada. Ótimo. Cheguei à minha mesa mais calma, feliz com a vitória sobre o batom e os hidratantes. Eles não mandavam mais em mim. Minha colega já estava sentada em seu posto. Bom dia, ela disse. E: céus, onde estão seus anéis? Meus anéis, meus anéis. Deixei meus anéis no painel do carro, respondi. Não entendo isso. Por diversas vezes sentei na minha cadeira com uma aparência terrível de ressaca, já passei noites de insônia torturantes e cheguei ao escritório com olheiras obscenas, muitas vezes cheguei pra trabalhar naqueles dias em que o cabelo não obedece a nenhum comando e parece um guaxinim duro e morto sobre sua cabeça, e essa desvinculada do mundo nunca reparou em nada, às vezes nem sequer um bom-dia decente vem dali, e hoje sente falta dos meus anéis. Os anéis que comprei de um brasileiro simpático no sul da França? Aqueles anéis cuja história é completamente desconhecida pra essa sujeita que só sabe falar de coisas que não me interessam? Vá tomar no cu, esqueci os anéis no painel do carro. Fui untar minhas mãos com creme de sapoti e esqueci os anéis no carro. Nenhum problema. Na hora do almoço vou até o estacionamento e coloco os anéis. Pronto, foi só isso que aconteceu.

Meia hora depois eu estava histérica por dentro. Vozes gritavam na minha cabeça: vá buscar os anéis, vá buscar os anéis. Não conseguia digitar uma letra no teclado do computador. Eles não estavam lá. Não conseguia teclar um ramal de três números sequer: meus anéis, meus anéis, eles não estão aqui, estão presos no estacionamento. Em algumas horas já seria meio-dia, e o calor dentro do carro chegaria a cinquenta graus, e meus anéis presos. Os atrasados do escritório passariam ao lado do meu carro e veriam os anéis no painel. Aquela estúpida deixou os anéis dentro do carro, é isso que pensariam. Em pouco tempo todos saberiam que eu tirava os anéis dentro do carro. Por que ela faz isso? Mulher bizarra. É uma dessas peruas que tiram os anéis sempre que precisam executar algum trabalho com as mãos. Dondoca.

Fui até o corredor pra pegar um café. Você vai buscar seus anéis? Por que tanto interesse na minha vida, logo hoje, um dia tão difícil e tão cheio de decisões importantes? Ela não tem noção do que tenho passado. O avião, o batom, o porteiro, o hidratante, o outro lá. Deixe meus anéis quietos no carro, esqueça meus anéis. Eles são meus e eu os quero longe. Fui até o corredor e peguei um café na máquina automática. Ruim. O adoçante da máquina tem gosto de sabão. Sempre esqueço de apertar a tecla do não adoçar. Sempre esqueço. Aperto o botão do café duplo, coloco as moedas e, em seguida, lembro de que deveria ter apertado o botão do não adoçar. É que na máquina anterior o café não vinha adoçado, e agora a orca de batom não consegue fazer com que suas barbatanas, ou seja qual for o nome que se dê às mãozinhas das baleias, apertem o botão do não adoçar. Se o outro lá estivesse aqui, ele diria pela décima vez em menos de um mês que baleias e orcas não são a mesma coisa. Não são. Não são. Não são. Esse homem ficou repetindo a informação durante a viagem inteira que fizemos levando os meninos para aqueles parques cheios de crianças gordas. Orcas, baleias, crianças gordas. Que homem insuportável. Esqueça as orcas. O fato é que eu não conseguia me lembrar de apertar o botão do não adoçar depois de alguns meses da troca da máquina. Uma mudança de hábito e centenas de cafés com gosto de sabão. Pelo menos aquela máquina não seria arremessada a duzentos por hora contra uma montanha. Tampouco os anéis no painel, frutos de uma rotina quebrada, iriam acarretar consequências catastróficas. Se eu tivesse passado o hidratante nos braços, e se eu tivesse tampado o tubo de hidratante, e se eu tivesse guardado o tubo de novo no porta-luvas, como todos os dias, provavelmente alguma ponte que liga dois neurônios seria percorrida e eu teria automaticamente colocado os anéis. Mas não, impliquei com o hidratante, não guardei de volta, e agora estou aqui, sem anéis, tomando café adoçado com Omo e pensando em um avião que não existe mais.

Voltei pra minha mesa com o pensamento pregado nos anéis. O que poderia acontecer de ruim com os anéis soltos dentro do carro? Na hora do almoço, quando fosse resgatá-los do calor, poderiam cair e sair rolando pelo chão do estacionamento. Não é difícil: essas coisas acontecem. Com os anéis nunca aconteceu, visto que geralmente estão no lugar onde deveriam estar, mas com moedas, aqueles disquinhos de metal inconvenientes que passei a juntar no meu carro, e na minha casa, e na minha mesa do escritório, desde que instalaram essas máquinas de café, com as moedas sempre acontece. A quantidade de moedas que já deixei cair do meu carro daria pra pagar dezenas de rodadas de café ensaboado pro meu departamento inteiro. Várias vezes fui vista agachada atrás de moedas, e era isso que aconteceria com meus anéis. Meus anéis rolariam no chão e cada um seguiria um rumo diferente. Claro que eu iria atrás do mais valioso, aquele com pedra verde. Foi presente do meu ex, o outro lá, mas meu outro lá atual não sabe. Ele acha que é joia de família, mas não deixa de ser verdade, a partir do momento que ganhei o anel ele passou a ser uma joia de família, ou não? Pois bem, eu iria atrás do meu anel de pedra verde. Esmeralda, lembrei o nome. Li que esmeralda significa exatamente isto: pedra verde. Então dá na mesma, eu já falo traduzido. Iria atrás do anel de pedra verde e conseguiria recuperá-lo, feliz. Os outros se espalhariam pelo estacionamento, e um deles, possivelmente minha aliança de casamento, cairia dentro de um dos respiradores que levam até a sala das máquinas.

Não sei pra que existe uma casa das máquinas num prédio de apenas três andares e que abriga um escritório de uma empresa de seguros, mas acho que deve haver, sim, algum tipo de máquina gigantesca no subsolo: o prédio é muito barulhento, às vezes treme, e não há nenhuma estação de metrô por perto. Existem máquinas poderosas no subsolo do edifício, nunca comentei com ninguém, sempre me pareceu ponto pacífico: aqueles barulhos são de uma casa de máquinas. E minha aliança de casamento iria parar ali, e minha aliança rolaria até uma das máquinas, e cairia em uma fresta, e se agarraria a alguma engrenagem, e travaria o movimento da máquina, e a máquina forçaria o movimento, o motor continuaria a empurrar a engrenagem para a frente, e a aliança lá, travando, a temperatura subindo, um princípio de incêndio, uma explosão, e fogo. Outra explosão, várias explosões. Cerca de trezentas pessoas mortas, uma tragédia ainda maior que a do avião. Morreremos todos. Sobrará minha pedra verde, um milagre, dentro de um saco plástico. É como o outro lá vai me identificar: a esmeralda que coroou meu casamento anterior. E eu morta. E seca.

Os pulgões

Cinco cacos maiores. O resto virou pó e multiplicou-se em dias e dias de faxina, vassouras, panos molhados e perigosos. Meu cuidado excessivo com tudo o que é cortante evitou um ferimento mais sério na hora de reunir os pedaços, mas meu desajeito com as burocracias da limpeza doméstica me rendeu um rasgo milimétrico no mindinho esquerdo. Não levei o dedo à boca, tive medo de sugar um pó de vidro e machucar a língua. Fiz um curativo básico, um que durou dois dias, acumulou suor, e que ficou preto nas bordas.

O vaso quebrado no escuro foi o que, hoje, chamo de primeiro sinal.

Depois foram os pulgões. Começaram no fícus. O fícus havia brotado de outro fícus muito grande que minha vó materna cultivou por anos no quintal da minha casa de infância. Foi minha vó quem me deu o filhote, já plantado e adubado. Então, no intervalo de um mês no apartamento novo, as folhas do fícus ficaram enegrecidas, uma película escura e granulada, primeiro as de um galho perto da terra, depois todos os galhos, até as folhas mais tenras. Arranquei as folhas infestadas e procurei solução na internet, onde tudo é fácil, e preparei um inseticida caseiro à base de fumo. Mas os pulgões pularam para outras plantas e apareceram até na plantinha mirrada e sem nome que fica no parapeito da área de serviço, longe das outras. Espalhei a mesma solução por todas as plantas, tudo ficou com cheiro de tabaco, e o odor permanece na casa ainda hoje, ao menos para narizes mais sensíveis. Os pulgões começaram a desistir. Deixaram para trás um rastro de galhos sem folhas. Mas foram sumindo, aos poucos.

Os pulgões foram o segundo sinal.

Eu já não sabia o que fazer com os novos modelos de tomadas elétricas. O governo havia determinado que, desde janeiro, todas as tomadas adeririam a um padrão internacional mais seguro e compartilhado por dois ou três países ainda mais periféricos que o meu. O apartamento novo ficou incompatível com os eletrodomésticos antigos. Comprei adaptadores, como improviso, e encaixei todos entre os eletrodomésticos e o apartamento. Quando me senti pronto para trocar minha primeira tomada, com chave de fenda própria, com fita isolante própria, com os cuidados próprios de um instalador profissional, me coloquei de cócoras e estiquei os braços. Mas o desequilíbrio, ainda não consciente, já se tornava físico, e caí para trás, minhas costas derrubaram um pequeno cinzeiro que habitava o canto da sala, e minha mão arremessou a chave de fenda, que arranhou a tela da tevê de tela plana, e o arranhão, um fio descolorido no meio da imagem, é minha lembrança de incompetência vaticinada desde o berço, quando quebrava todos os brinquedos sem querer.

Cinzeiro quebrado, tela arranhada: terceiro e quarto sinais.

E perambulava pelo apartamento que, apesar de recender a novo, já trazia marcas inconvenientes do tempo, aplicadas com dedicação quase mágica. E então foram as manchas de vinho no móvel novo da cozinha. E o removedor respingado no assoalho sensível, e que deixou uma mancha muito bem coberta pelo tapete. E foi o tapete coberto de uísque. E foi o cheiro ruim do ralo da pia no banheiro social, do qual até hoje desconheço a causa. E foram os livros que deram de sumir na confusão dos armários, cada dia mais lotados, cheios de heranças não descartadas. E a solidão se agarrou às almofadas rasgadas antes do tempo, e às panelas com cabo queimado, e aos rejuntes das janelas que permitiram que a chuva vazasse para dentro e formasse pocinhas no chão.

Tudo isso. Muitos sinais, a ponto de não serem percebidos como avisos.

E, depois de oito meses, uma semana quente, uma terça-feira, a poucas horas do amanhecer, sem bilhete para tornar as coisas ao menos um pouco mais explícitas, sem ruídos para chamar à tona a atenção adormecida, sem confirmação verbal para as manchas, e rachaduras, e rastros de tantos tipos, sem chave destacada do chaveiro e devolvida por debaixo da porta, sem recado com o porteiro ou alguma coisa que testemunhasse um fim, ela foi embora, e nunca mais voltou. Foi depois de alguns dias, creio eu, que também sumiram os últimos pulgões.

Potro

Não é mais uma casa. O que eu quero dizer é que um endereço é tudo o que deixou de ser e que, evidentemente, quem viveu aqui não vive mais. Uma edificação, com paredes, telhado e uma coleção de canos e fios. Cartas, apenas a que chegou sem remetente, propaganda do comércio das redondezas. Só. Não é mais uma casa, e isso não é apenas um sentimento. O teto está encardido com um desenho abstrato, manchas mapeadas, uma forma amarelada à espera de sentido. A infiltração desce pelos cantos, escorre quase até o piso e, hoje, parece especialmente úmida. O ar está gelado, e sabemos disso pelo lençol de vento que cobre o chão, uma camada fina e ártica que levanta uma poeira sutil e que a faz tombar em seguida, pelo peso, acumulando uma espuma invisível, uma onda que arrebenta silenciosamente. Lembra o mar das férias, quente em cima, frio lá no fundo, e as marolas mansas presas na memória. O lençol penetra o sapato, as tramas da roupa, é fluido, e se estica pelas fechaduras das portas, trancadas (há quanto tempo?), arromba o armário com mãos leves de gatuno e é capaz de alcançar as gavetas, preencher uma caixa de fotos esquecida e, pensando assim, espalha uma esperança miúda em terreno estéril, terra cansada. O ar em movimento parece vida, mas não chega a tanto. Contudo, atrasa um pouco a ação do mofo, assusta uma ou outra lagartixa, deixa as existências subterrâneas em estado de alerta, e já é alguma coisa, ou não? Já não é uma casa para nós, mas o mesmo não se pode dizer dos invasores: você consegue escutar as patinhas dos ratos? São esses barulhinhos intermitentes que desaparecem a cada lufada de frio, que agora veio forte. Você ouviu isso? Não estou falando do tamborilo da chuva no zinco ou da trepidação da janela que dá não sei mais pra onde, empoeirada que está, como que coberta com papel pardo, a ponto de deixar dúvidas sobre a realidade externa, e não estou falando da flauta constante que o ar simula nas frestas. O assobio sempre esteve por aqui. Não, não é isso. Você ouviu? A chuva bate no quintal de cimento, formando um lago, e microborbulhas irrompem por baixo da madeira da sala, e dos quartos, agora um fiozinho d'água, no rodapé, correndo. Quase não consigo escutar. A água quer entrar, dá pra sentir esse plano, como se a água fosse viva e soubesse das coisas, como se a água conhecesse a própria inclinação pra limpeza, a própria vocação pra vida, algo assim. Ali, na cristaleira, os cavalinhos de vidro nunca foram tão pequenos, e resistem, dão a impressão de que não precisavam estar lá, não mais, mas continuam expostos, como se alguém ainda cuidasse pra que permanecessem ali. Eles se divertiam comigo (cristal esfumado, cor de leite, os olhinhos de conta preta), eu enfileirava os cavalos em parada de circo, do maior para o menor, o potrinho fechando, pra depois ter que arrumar um por um na posição original, porque brincar com as coisas da sala não é bom, porque abrir a janela quando chove não é bom, e tomar banho quente no inverno parece bom, mas também não é. As coisas precisam ficar no lugar, senão quebram, e o que as visitas vão pensar? Os cavalos de vidro, os livros de lombada dourada, as colherinhas de prata com cabo de pedra, as toalhinhas de renda branca, tudo ali, esperando as visitas que, se vieram, não deixaram vestígio. Hoje a visita chegou como uma guerrilheira. Hoje eu sou a visita. É como se entrássemos pela primeira vez. São detalhes entrincheirados aqui e ali, mas já foram maiores. Tudo por aqui já foi muito grande. A sala está diferente, porque o que juntava as peças, o que protegia a sala da ação assassina do cuco (que já passou também, sem ruídos), quem se esforçava pra ajustar os ponteiros, essa descuidou. Os mapas riscados nas paredes estão aqui e querem guiar tudo pra bem longe, lugar de distâncias infinitas, aquele. Agora a chuva bate trágica, perdeu a qualidade da calma, e não dá mais vontade de abrir a janela, que resiste, e insiste em proteger. Eu não vou abrir a janela. Não quero. Eu juro que não vou abrir, viu, mãe: eu juro.

Manual do homem do tempo

Escolha uma bermuda que saia pouco do armário, um par de tênis de lona, velho, com pó ocre empedrado nos sulcos das solas e nas laterais emborrachadas. Com a mão direita, puxe uma de suas camisetas de ficar em casa, puída nas mangas e na barra, e com uma estampa numérica desbotada na parte da frente. Passe a chave com duas voltas em sentido anti-horário. E vista a camiseta no hall, segundos antes de dar de frente com a figura de ombros caídos, barba de sete dias, olheiras escuras. É você. Aperte o botão com o número apagado pelo uso, e que não acende há anos, desde a mudança. Prima com mais força, como sempre faz, reencontre seu cacoete matinal, esperando que, por um milagre, a luz volte a acender. O milagre não acontecerá. Pense: tudo muito previsível. Passe a mão no rosto, tentando disfarçar a sonolência. Arrisque tapinhas na bochecha, mas evite olhar muito para o espelho. A porta se abrirá no terceiro andar e a moça usando calça jeans e uma regata vermelha entrará carregando a menina ruiva vestida com short azul-marinho e camiseta escolar branca. A moça o cumprimentará com um bom-dia. Responda com outro, sendo o seu bem menos entusiasmado que o original. A menina gritará um bom-dia feliz e sonoro agitando a mãozinha livre na sua direção: segure a mãozinha dela e tente um bom-dia mais animado, afinando a voz. As duas descerão no andar do playground e se despedirão com uma quantidade exagerada de acenos. Devolva os acenos, desça mais um andar e cruze o corredor em direção ao portão de ferro.

Saia na rua depois de levar a mão à testa num gesto marcial, sua forma habitual de cumprimentar o porteiro, que acionará a abertura da porta pelo lado de dentro da cabine. Escolha o caminho da esquerda e o vento gelado golpeará seu corpo com força. Desvie o rosto para a direita, com os olhos cerrados e os lábios embutidos dentro da boca. E volte a olhar para a frente com a cabeça levemente abaixada, e eleve a bolsa dos olhos ao máximo. Incline o corpo para vencer a resistência afiada do vento e comece a caminhar. Ande cerca de cinquenta metros antes de sentir a umidade cercar seus dedos dentro da meia. Pare, olhe para baixo e veja o ocre da poeira incrustada no tênis se diluir na neve branca. Agite o pé esquerdo e bata a ponta do tênis no hidrante. Faça o mesmo com o pé direito e então dê pequenos saltos para se aquecer. Reinicie a caminhada com dificuldade, lute contra o poder do vento e o chicote do frio. Sinta os pelos dos braços se eriçarem. Cruze os braços e proteja o peito, deixe que o peito cresça com a respiração pesada, e que se contraia em seguida, e que empurre o ar para a garganta na forma de uma tosse vigorosa e seca. Sentindo o bloqueio instantâneo no nariz, não se desespere. Descruze os braços e leve as mãos até a boca, soprando um pouco de ar quente e, em seguida, apertando o nariz em busca de alívio. Siga em frente.

Pare na esquina para esperar um ônibus passar, atravesse a rua correndo com passadas curtas, quicando desajeitadamente. Entre na padaria, aproxime-se do balcão. Afaste para os lados o açucareiro, o pratinho com guardanapos e o porta-canudos, apoie os braços no mármore quente. Espere ser atendido. Acompanhe o movimento do rapaz: ele estará servindo um espresso a uma senhora exageradamente maquiada. Reconheça o perfume doce, que provocará em você uma sequência de cinco espirros. Deixe os espirros soltos. A senhora manifestará incômodo de alguma forma, mas não tome conhecimento, deixe a senhora maquiada encarar você até desistir, até começar a beber o café, carimbando uma marca de batom na borda. Limpe o nariz com um guardanapo. É quando o rapaz do balcão se aproximará de você e mudará de expressão ao reconhecê-lo, misturando constrangimento e pesar, e juntará as mãos espalmadas como em uma prece, e liberará uma voz rouca: oba, como estamos? Responda: oba, como é que estamos? Ele perguntará: o de sempre? Responda: o de sempre. O balconista virará as costas e começará a preparar o de sempre. Alcançará uma xícara branca e grande, dessas sem alça, de pegar com as duas mãos, dessas que ajudam a aquecer o corpo, e colocará debaixo de um bico duplo na máquina de café. Acompanhe isso e sinta uma dor aguda no peito: prepare-se para senti-la nas ocasiões mais inesperadas. O rapaz do balcão esticará o braço até uma caixa de leite longa vida, e então congelará o movimento, repentinamente, e permanecerá paralisado por no mínimo três segundos. Virará a cabeça devagar e olhará de lado, enrugando o canto dos olhos como faz sempre que comete um engano. Permaneça parado do outro lado do balcão, olhe para o rapaz, notadamente consternado. O rapaz esticará o outro braço para o lado oposto, até o escorredor de louça, e agarrará uma xícara pequena. Tirará a xícara grande de debaixo do bico duplo da máquina de café e a substituirá num movimento rápido pela xícara pequena. Colocará a xícara grande dentro da pia e se dirigirá novamente a você com uma voz alguns tons mais baixa que antes. Ele perguntará: o seu é com manteiga ou com queijo branco? Deixe que a pergunta vença suas últimas resistências, já armadas, diante do engano anterior do rapaz. Sinta as lágrimas contidas se acumularem no canto de seus olhos, que incharão rapidamente, até vencerem a pressão do ar. Passe o polegar da mão direita pelos dois olhos e logo depois aperte o nariz, tentando fazer a tristeza passar por resfriado. Fungue, engula em seco, e busque um sorriso sem jeito do fundo de suas capacidades. Diga: com manteiga. Desvie o olhar do rapaz, que devolverá o sorriso amarelo e já caminhará em direção à janela da copa para passar o pedido adiante. Note o alívio do rapaz ao se livrar do constrangimento. Brinque um pouco com os objetos do balcão, reposicionando os canudos, centralizando os guardanapos no pratinho. Improvise um pouco, é seu tempo de espera. O café virá quente e forte, bem tirado, como sempre. Beba um gole pequeno e espere o pão com manteiga, que chegará logo depois e que merecerá não mais do que duas mordiscadas. Não force. Termine de beber o café. Agradeça. Dirija-se ao caixa, onde a menina com o cabelo drasticamente puxado para trás se recusará a receber o dinheiro. É por conta da casa: ela dirá isso. Simule mais um sorriso, agradeça e vá embora.

Deixe a cabeça cair para a frente e sinta a garganta amarrada por dentro. Encontre a mesma dificuldade de antes em caminhar pela calçada, volte lentamente para casa. Acompanhe seus músculos se retesando, deixe que se torçam violentamente para o centro do estômago, numa força que parecerá sugá-lo para dentro de si mesmo. É assim mesmo que acontece. Escore-se num muro pichado com palavras em inglês, e procure se encolher o máximo que puder, empurre o corpo contra o reboco descascado, espremendo os olhos e mordendo a ponta da língua, impedindo que a dor o domine, criando condições para que vá embora. Olhe para cima: o céu estará escuro e enevoado, com os mais variados tons de cinza. O frio castigará seus sentidos. Pode ser que sinta uma pequena tontura. O vento confundirá seus pensamentos. Permita que aconteça, não dê assunto aos pensamentos. A neve encharcará seus pés ainda mais: interrompa qualquer esforço exagerado e deixe que, em função da umidade, seus movimentos fiquem ainda mais lentos. Estique as pernas dolorosamente, percorra poucos centímetros a cada impulso. Alcance o portão de ferro, complete o percurso. Demore-se em tudo. Empurre o portão, pesado. Avalie o peso do portão. As juntas do portão parecerão congeladas pelo vento e pela neve. E entre, finalmente, no saguão do edifício, e cruze o corredor até o elevador estacionado no térreo. Quando chegar a seu andar, selecione a chave menor do chaveiro em forma de carro, encaixe na fechadura e gire duas voltas em sentido horário. Abandone todo o peso do corpo contra a porta e entre em casa.

Olhe ao redor e veja as caixas e malas que estiveram por semanas guardadas no quarto dos fundos, à espera de coragem. Lembre-se de que tudo irá embora. Caso pense nela involuntariamente, de um jeito avassalador, respire longamente, gire o pescoço, aguarde até a memória se reordenar. Se vier a vontade de chorar, chore. Se não acontecer, caso sinta que já tenha chorado tudo o que seria possível chorar, despenque seu corpo no sofá e exponha-se aos raios de sol da manhã, que invadirão a casa através da porta da varanda, iluminando e aquecendo seu rosto. O calor crescente das primeiras horas do dia já fará estalar o piso de madeira. Deixe que os estalos penetrem seus ouvidos. Acalme-se com os sons do apartamento. Ouça o movimento de alguém na cozinha e também um farfalhar de roupas e panos que denunciarão a presença da mulher que cuida da casa toda segunda-feira. A normalidade e a vida cotidiana tentarão se impor. Saiba que isso é inevitável, e avance paciente, até que esse dia chegue, tão certo quanto longe. Ligue a televisão com o controle remoto colocado estrategicamente no mesmo lugar dos últimos dias, ou semanas, e passe a se concentrar na luz que emanará da superfície plana. Distinga, pelo reflexo na tela, a mulher pequena e magra que limpa sua casa e lava suas roupas, que o observará da porta da cozinha. Olhe, mas finja não ver.

Tecle o controle remoto seguidas vezes, percorra todos os canais disponíveis e pare na imagem de um homem grisalho e informalmente vestido, em frente a um mapa marcado com nuvens e pequenos sóis. Decifre as siglas dos dias da semana. Reconheça as cidades identificadas no mapa. E escute a previsão otimista: a confirmação óbvia de um longo e quente verão se aproximando.

A uhtima aventura do erohi – epizohdio 13

No episódio anterior de A ÚLTIMA AVENTURA DO HERÓI,[1] para que tudo de ótimo acontecesse da forma ótima que precisaria acontecer, nosso herói escondeu a bainha da bata para dentro da calça, que desce até as canelas na medida apropriada para o ensejo, e envolveu a cintura com a faixa verde, com o cuidado de não esquecer nenhum passante, e atou o nó duplo na lateral, e apertou bem, e então calçou meia roxa, e enfiou os pés na sandália de couro rústico herdada do tio, um número menor que o seu, as tiras já apertando os dedos e ferindo o calcanhar, e ajustou as fivelas com alguma cerimônia, e guardou os tufos de cabelo debaixo do gorro de sarja, e ajeitou a posição do gorro na testa, enviesando para a direita, e então vestiu a jaqueta verde de lona, coçando o nariz, reclamando do mofo e do cheiro adocicado e incômodo

1 **Nota do editor:** Nesta edisaum espesiau para leitores, foram mantidos os erhos e/ou neolojismos encontrados no documento orijinau, asim como as regras ortograhficas e gramaticais vijentes na ehpoca, incluindo o uzo de asentuasaum grahfica, e todos os recursos de destaqe utilizados pelo autor, como caixa auta e subliniados.

que é cheiro de armário velho, um odor espalhado por todo o quarto, e então inspecionou-se diante do espelho, tomou fôlego, e proclamou em voz alta: estamos no centésimo segundo ano após a declaração de independência, quadragésimo terceiro ano da monarquia restaurada, décimo quarto ano após a separação definitiva de meus avós, sexto ano desde o desaparecimento de meu primeiro e único papagaio e, em algum lugar do planeta, um povoado primitivo qualquer lamenta a vigésima passagem do sol sem que uma gota de chuva tenha sido enviada para salvar as plantações e restaurar o clima ameno, uma igreja neopentecostal inicia a cerimônia fúnebre em memória do primeiro aniversário do quarto terremoto mais devastador e mortal da história, e uma cidadela inaugura as festividades do degelo, ou do início da temporada de pesca, ou do encerramento da temporada de caça aos crocodilos, com uma coreografia de moças adornadas com flores silvestres, e um grupo seleto de rapazes virgens espalhando fitas multicoloridas e sapateando no centro de uma ampla roda de trinta anciãos, todos sentados em tronos de madeira e suspensos em guindastes, de um jeito que lhes permita observar cada um dos vinte e sete telhados pintados com as cores oficiais da bandeira local.[2]

2 **Nota do autor:** Na fala do herói, usar o áudio direto, sem modulação de voz (cortada definitivamente / decisão tomada última reunião), e editar com clipe de imagens dos episódios anteriores, destacando a partida do herói de seu mundo cotidiano (enfatizar a fase de treinamento com a conselheira EP. 3 e o momento da despedida da família EP. 5). Escolher momentos + dramáticos.

Aqui, inserir imagens do deserto ao amanhecer. Vento/ som ambiente.

➔ LETREIRO: O RETORNO – SEGUNDA PARTE[3]

[O herói, depois de listar em voz alta as comemorações do dia, continua a caminhar, sempre atento à manutenção da indumentária: aperta a faixa da cintura, checa as fivelas, arruma o cabelo e a posição da boina. O herói deve enfatizar o próprio esforço de enfrentar o terreno hostil e a dificuldade em se manter dentro das regras de traje, através de expressões faciais e, principalmente, pelo suor excessivo. O herói não para de caminhar, determinado, e seguirá assim até o fim do episódio.[4]

---

3 **Nota do organizador:** O prezente materiau, encontrado em data indeterminada, faz parte da Colesaum Mullins Loyola, espesializada em testos relijiozos e de ficsaum, em espesiau a ficsaum pohs-moderna. Segundo rejistros, o materiau permaneseu por serca de trinta anos misturado ao espohlio do antigo sentro administrativo de Duqe de Caxias, ex-capitau provizohria do estado do Rio de Janeiro, Braziu. A orijem, autoria e trajetohria do documento naum saum coniesidas. O orijinau, impreso com jato de tinta em papeu seluloze, parese datar do inihsio do sehculo XXI, segundo avaliasoens preliminares. Embora escrito com estilo e recursos bastante literahrios, tratase, aparentemente, de um primeiro rascuhnio de roteiro para televizaum. O autor mescla, ao longo do testo, e de forma indiscriminada, pasajens narhadas por um locutor esterno e falas do personajem sentrau (o erohi), asim como observasoens prohprias (ora separadas em notas de rodapeh, ora misturadas ao testo). Ateh a prezente edisaum, naum foram localizados rejistros ahudiovizuais de nem um epizohdio de programa semeliante, o qe corhobora a ipohteze (nota 27) de qe se trataria, posiveumente, de uma short story tihpica da literatura uber-pohs-moderna brazileira.

4 **Nota do organizador:** O autor propoem, aparentemente, um preh-roteiro para um reality show, modalidade de programa televizivo muito popular ateh a primeira metade do sehculo XXI. Nos reality shows,

Na etapa de hoje, o herói começa a se preparar para o regresso ao lar. Todos estão esperando por ele do outro lado: família, amigos, as duas namoradas (as duas namoradas dariam uma boa sequência de cenas cômicas: incluir no episódio extra sobre os bastidores da jornada). Até agora, o herói encontrou apenas o primeiro de quatro objetos que, juntos, formarão o elichir (elixir???).[5] Lembramos que a apresentação do conjunto de objetos que formam o elichir (trocar para amuleto? ou passaporte de retorno???) é que permitirá a volta de nosso herói a seu mundo normal, o mundo cotidiano dos primeiros episódios, onde tudo começou, e deverá apresentar todos os itens ao guardião da fronteira, um por um, contanto que dentro do tempo

qe acompaniavam o dezenrolar de istohrias supostamente reais, o carahter artifisiau da roteirizasaum e diresaum naum costumava ser esplisitado ao puhblico, qe acompaniava os epizohdios asumindo a totau espontaneidade dos acontesimentos. Ocupando um nixo intermediahrio entre a teleficsaum e o documentahrio, duas modalidades audiovizuais ainda bastante distintas na ehpoca, os reality shows utilizavam de forma notahveu um tihpico recurso do sinema e do teatro do sehculo xx: a suspensaum voluntahria da descrensa, um trato tahsito entre o artista e seu puhblico. Com a suspensaum voluntahria da descrensa, o espectador, ao crer previamente na istohria a ser contada, era capaz de estrair prazer e diversaum ao acompaniar ateh o mais absurdo dos enredos, contanto qe serta verosimiliansa e coerehnsia interna fosem segidas.

5 **Nota do editor:** A duhvida a respeito da grafia correta da palavra *elixir* (devido ao uzo de "ch" com som de "x", vijente na ortografia da ehpoca) eh um indihsio precose da crize linguihstico-diplomahtica qe se estabeleseria entre Braziu e Portugau a partir de 2073. Apezar de jah ezistirem programas de corhesaum ortograhfica automahtica desdo finau do sehculo xx, acreditamos na posibilidade de fahlia do sistema operacionau ou erho de conecsaum com a rede, problemas comuns no perihodo em qe o orijinau foi escrito.

regulamentar.[6] E, para você que não esteve ontem conosco, na primeira parte do percurso de retorno, o único objeto encontrado pelo herói até o momento foi um cordão de plástico espiralado, que encapava um feixe de fios de arame, que por sua vez saíam por uma das extremidades. Trata-se, sem dúvida, de um objeto bem estranho, e bem antigo, há tempos sem uso, e que parece ter funcionado conectado a algum aparelho desconhecido. Nossa bancada de comentaristas, que acompanha a jornada desde o princípio, especulou a respeito do objeto, mas sem chegar a nenhum consenso, embora a hipótese do cabo de telefone analógico tenha sido a mais aceita.[7]

(Durante a narração, editar flashes descontínuos do herói caminhando.)

---

6 **Nota do organizador:** O roteiro do programa parese se bazear na xamada "Jornada do Erohi", arqehtipo narhativo qe se aplicaria a todo e cualqer mito umano, formulado pelo mitohlogo Joseph Campbell (1904-87) no livro *O erohi de miu fases*. Posteriormente esqematizada em etapas, a "Jornada do Erohi" influensiaria por muito tempo a produsaum de roteiros para o xamado sinema comersiau de Hollywood, grande pohlo de produsaum sinematograhfica da Costa Oeste estadunidense durante o sehculo XX e parte do XXI. A "Jornada do Erohi", segundo Campbell, tem inihsio sempre em um mundo comum, cotidiano, onde o erohi resebe o xamado para uma aventura a ser realizada em outro mundo, jeraumente um lugar mahjico e distante. Toda jornada, ainda segundo o mitohlogo, termina com o retorno do erohi, devidamente modificado pela esperiehnsia, para seu mundo de orijem, onde o siclo se fexaria.

7 **Nota do editor:** Referehnsia aos conectores utilizados ateh as primeiras dehcadas do sehculo XXI para transmisaum de dados (no cazo, de voz) e enerjia (na ehpoca, escluzivamente eletrisidade). Na ocaziaum do suposto programa, o aparehlio em qestaum jah avia sido substituihdo por versoens wireless em cuaze todo o planeta.

O herói fala na direção do microfone de lapela (que deve estar fixado à costura da gola) e pergunta se deve ou não separar e contar os fios do cabo, mas ninguém responde essa. Devo ou não contar fio por fio? Devo ou não, (xxxxx)?[8] Alguém pode me responder essa? Será que vou ter que gritar palavras de ordem, levantar cartaz, acionar a imprensa, chamar os mascarados? Tem alguém aí ou será que todo mundo foi enquadrado?[9]

E eu digo a todos que, além de perder um ponto por ter dito uma palavra proibida, o herói terá agora menos de dez minutos até o fim do episódio. É que o cronômetro não para de correr, entende? Tudo ótimo. Tudo ótimo? O herói diz que tudo ótimo e continua a caminhar pela salina.[10] E, pra vc[11] que não nos acompanhou no episódio de ontem, entra-

8 **Nota do autor:** Inserir letreiro rotativo: "Termo impublicável segundo a Lei nº 17294, de 15 de julho de 2017, nos termos do Prgrf. 4º do art. 720 da Constituição Federal" (o herói deve pronunciar a palavra, a definir, que será coberta com um apito agudo na pós-produção). Confirmar nº do artigo / lei.

9 **Nota do editor:** Nesta secuehnsia, o autor parese propor uma crihtica ao referido cohdigo (nota anterior), ou a posihveis desdobramentos decorhentes de sua promulgasaum. Contudo, naum foram encontrados rejistros de lei semeliante. Apezar de comuns na ehpoca, as leis de sensura naum costumavam posuir carahter especihfico, como a proibisaum de uzo de palavras previamente listadas. A esplicasaum mais aseita eh de qe se trata de um recurso de ficsaum e/ou umor, posiveumente uma parohdia sohsio-polihtica. A inezistehnsia de lei semeliante corhoboraria a ipohteze, anteriormente sitada, de qe o materiau seria, na verdade, um testo literahrio, e naum um roteiro televizivo.

10 **Nota do editor:** O autor/roteirista parese propor aqi um diahlogo entre o narhador e o personajem sentrau (o erohi), atravehs de um ponto eletrohnico (tecnolojia qe antesedeu o microvoicer atuau).

11 **Nota do editor:** vc – abreviasaum de você (voseh).

mos definitivamente nas salinas de Dupuy, onde já conseguimos avistar o mundo cotidiano, lá do outro lado.[12] E pra quem está se perguntando onde ficam as salinas de Dupuy, a tarefa bônus número dois foi justamente esta: quem descobrisse sua localização ganharia três cupons. Sem sorteio: levaria os cupons quem ligasse e respondesse primeiro. Mas ninguém acertou, não foi isso? A produção confirma, ninguém descobriu onde ficam as salinas, e pede para lembrar que as respostas estão sendo gravadas, e por isso pensem otimamente no que vão responder, as gravações podem ser consultadas sem cortes pelos assinantes de nosso portal de entretenimento, ótimo, ótimo,[13] e quero lembrar que os cupons eventualmente conquistados com a resposta correta não poderão ser transferidos para o herói e convertidos em pontos caso ele não complete a lista de objetos que, reunidos, formarão o elichir (???). O poder de salvamento por parte do público foi cancelado em nossa última edição, e essas são as novas regras, e elas são muito simples, o herói tinha conhecimento de todas, de todas elas, assinado e sacramentado.[14] Em frente.

12 **Nota do organizador:** Naum foram localizados rejistros sobre nem uma salina de nome Dupuy.

13 **Nota do editor:** A repetisaum do termo ohtimo(a) e otimamente ao longo do testo eh, provaveumente, uma referehnsia/adaptasaum ao estilo de narhasaum do aprezentador a qem o testo supostamente se destinava.

14 **Nota do autor:** Inserir letreiro rotativo: as regras do jogo podem ser consultadas em nosso site oficial (colocar o www).

ENTRA VINHETA SONORA. Dezoito-dezoito-dezoito de março, dezoito-dezoito-dezoito de março.[15]

E está confirmado? Está confirmado. Está mesmo confirmado? Está confirmado: o herói acaba de encontrar o segundo objeto. Acompanhem: é um disco prateado de aproximadamente cinco centímetros de raio. E, vejam só, tem um furo bem no meio! Atenção. Estão acompanhando? Atenção: o disco prateado de aproximadamente cinco centímetros de raio, e com um furo no meio, não está na lista oficial de objetos, e isso quer dizer que os pontos não valerão. É importante: são computados os pontos adquiridos apenas com objetos que estão na lista oficial e que compõem o conjunto do elichir (???). Apenas com eles? Apenas com eles. Os pontos não valeram. E eu vou fazer o que com essa (xxxxx)? (Entra apito novamente.) Menos

---

15 **Nota do organizador:** A data em qestaum eh pouco significativa em termos istohricos. A ipohteze mais aseita aponta para a data da criasaum do mundo estabelesida por Beda, o Venerahveu (672-735 d. C.), monje catohlico do antigo reino da Nortuhmbria, antiga Gran-Bretahnia. A data, cauculada ah revelia da Igreja, eh sitada no livro *De Temporibus* (708 d. C.), da autoria de Beda. Redescoberto por uma seita pohs-evanjehlica arjentina fundada na dehcada de 2010, o livro de Beda se transformou em mania globau na dehcada de 2020 e, reeditado em todo o planeta, jerou diversos rumores a respeito do fim do mundo. A seita, dizimada em 2025, inspirou um famozo fiume no ano seginte, *Temporibus*, escrito, produzido, dirijido e protagonizado pela estadunidense Ana Maria Solano (2006-2132). No enrhedo do fiume, uma bispa escoseza, autodeclarada desendente direta de Beda, marcava a data de 18/03 como o fexamento de um longo perihodo escatolohjico, autamente propihsio para uma ecatombe qe rezutaria no fim do mundo, sem contudo presizar o ano, o qe acaba cauzando comosaum ao longo de dehcadas.

um ponto. Menos um ponto? Menos dois pontos, essa é a regra. As penalidades são cumulativas. Vocês conhecem as regras, não conhecem? Elas são diferentes da edição passada, sim, sutilmente diferentes. Mas são as regras. E daqui a pouco, no fim do episódio, nossos comentaristas tentarão decifrar que objeto é esse. Alguma sugestão?

Mas falemos de coisas boas. Coisas boas? Coisas boas, produção: amanhã é a grande data. E isso quer dizer o quê? Quer dizer o quê? Quer dizer que os prêmios continuam? Sim, é isso. É pra isso que contamos com nossos apoiadores.[16] É a pergunta bônus número três, também valendo três cupons: o que é um disco prateado de aproximadamente cinco centímetros de raio com um furo no meio?[17] A produção pede para relembrar que é permitida apenas uma resposta por participante. E que a pergunta perderá a validade caso o herói descubra a resposta antes. E que a pergunta perderá a validade caso os comentaristas descubram a resposta antes. Entenderam? As regras são simples quando você está atento. Mas, por enquanto, o herói não quer arriscar o que seja um disco prateado de aproximadamente cinco centímetros de raio com um furo no meio. Não quer gastar nenhum de seus cinco palpites? Isso: cinco palpites, e nenhum foi usado até

16 **Nota do autor:** Inserir no canto do vídeo a sequência de marcas dos patrocinadores.

17 **Nota do editor:** Tratase, claramente, de um compact disc (cd), mihdia de armazenamento de programas de computador, imajens e sons muito popular ateh a primeira metade do sehculo XXI.

agora. E três com cinco dá oito: confirma?[18] Resposta certa. E nada de nosso herói arriscar o lugar das salinas de Dupuy, e ele também não responde a segunda pergunta, sobre o disco. E dois com cinco dá sete, e sete não é nosso número da sorte, não hoje, e o herói parece muito confuso, e parece não se importar com as respostas e os cupons conversíveis em pontos, quer apenas encontrar os objetos, é a estratégia do herói para o momento, mesmo tendo perdido o direito ao mapa. O herói perdeu o direito de consultar o mapa no episódio oito, como penalidade por ter atirado um punhado de areia contra o vento. Você não atiraria um punhado de areia contra o vento, atiraria? Veja: as regras são bastante claras, embora tenham sido esquecidas. Tudo foi previsto e assinado, está no regulamento. E então, alguém se lembra do regulamento?[19]

O herói olha ao redor, depois olha para o céu, está sentindo falta do mapa perdido em alguma ocasião do passado. Recapitulo: o mapa foi perdido no capítulo cinco como penalidade pelo punhado de areia contra o vento. A produção acaba de me corrigir: episódio oito. Oito? Oito. Oito com oito... O quê? A produção pede para ressaltar que não serão permitidos atos de descontrole, como jogar areia contra o

---

18 **Nota do organizador:** A brincadeira de somar, qe se repete ao longo do testo, pode ser um xiste autorheferente, e dizer respeito a erhos cometidos pelo aprezentador a qem o testo supostamente se destinaria, posiveumente em outro programa televizivo, ou em improvahveu edisaum anterior do mesmo programa.

19 **Nota do autor:** Inserir letreiro rotativo: As regras atualizadas do jogo podem ser consultadas em nosso site oficial (colocar www).

vento, e, caso aconteça, o herói perderá o título de gafanhoto-rei conquistado no episódio quatro, e concedido por sua conselheira, mesmo tendo cumprido todas as outras obrigações: bata pra dentro da calça, faixa verde, meia roxa, sandália do tio morto, jaqueta e gorro, pra que tudo aconteça de maneira ótima, e mais oito dedos estalados, e sete voltas no próprio eixo, e uma dança à escolha do participante. E não esqueça: nada de carne vermelha e gordura hidrogenada. Valeu a dança? Valeu a prova? Etapa cumprida. Vocês não lembram? Caminha, herói, caminha.[20]

E, veja, veja, veja: o herói vai encontrar mais um objeto, e será com a ponta do pé. A técnica está prevista no regulamento: a utilização dos pés é permitida para fins que extrapolem o mero caminhar. A produção pode confirmar isso. Confirmado: mais um objeto encontrado. Ele dá sete pulinhos cuspindo pra cima e, muito ótimo, cumpre os preceitos compulsórios para a validação da tarefa e grita: um calhamaço de papel cheio de palavras e com uma capa preta![21] O calhamaço está na lista? Na lista. E agora são apenas seis minutos? Cinco, quatro, quase três. O herói comemora por ter encontrado o calhamaço de papel cheio

20 **Nota do organizador:** Nesta parte um tanto confuza do testo, o narhador parese brincar com eventos ocorhidos em epizohdios anteriores. Sem duhvida, o partisipante/personajem presizou pasar por um conjunto de provas ao longo do percurso, o qe mais uma ves nos remete ah "Jornada do Erohi" de Joseph Campbell, qe preveh dezafios a serem superados pelo erohi ateh a conqista do elixir e a vohuta definitiva para caza.

21 **Nota do organizador:** O objeto em qestaum parese ser a edisaum impresa de um antigo disionahrio.

de palavras e com uma capa preta, e puxa a lapela, e pergunta: o quê? Ele repete a pergunta e eu não respondo. O quê? Repete a pergunta e eu não respondo. Repete. O quê? E eu não respondo. E para por aí: sabe que mais uma repetição da mesma pergunta e será eliminado. Mesmo sem ninguém entender o que ele disse. Mesmo assim. Ele sabe das regras, embora insista em dizer que não lembra. O herói está sozinho, agora é com ele. Estamos chegando perto dos dois minutos. Sim, sim, sim, agora é oficial: dois minutos. Dois e dois ainda são quatro. Agora menos que dois. E agora o herói acelera o passo, afinal amanhã é ou não o dia dezoito de março? Amanhã é ou não?

E amanhã levantará cedo: é dia dezoito de março. Não é dia treze, nem dia sete, o que dá vinte, ou vinte e um, depende da chuva. Entenderam essa? Amanhã arrancará a barra da bata de dentro da calça e fará um laço de duas voltas no pescoço com a faixa verde, nó de marinheiro, e então calçará meia amarela de listras azuis e caminhará sem sapato, porque será o dia apropriado para isso, e vestirá a jaqueta do avesso, e passará o gorro a ferro, para que almas ótimas o salvem, e voltará para casa e acenará aos vizinhos, que já devem ter começado a se aprontar para o dia vinte, a data nacional ao sul de um país em guerrilha no oeste africano, ou festa fúnebre, não sei, ou coisa de chinês, não sei, mas é data que merece salva de fogos programada para as cinco.[22] Os fogos estão programados para as cinco?[23] Para as cinco? Para as cinco. Todo dia é dia de salva de fogos às cinco em algum lugar, ou não?

E o herói precisa acelerar os passos, porque o desafio final se aproxima: já está ouvindo o burburinho dos moços se aproximando. Um minuto! A conclusão da etapa de retorno será, pelo visto, concluída no próximo episódio. E faltam ainda dois objetos. Dramático. Dramático!

O herói se preparou para o retorno, e se prepara para o tradicional preceito de fim de episódio, e vai abrir o livro sagrado da capa preta, é agora, senão não dá tempo, é hora de consultar seu mais novo oráculo. Utilizar os objetos encontrados, e de forma ótima: são as novas regras, e algumas regras nosso herói não esquece!

deserto. [Do lat. *desertu.*] *Adj.* 1. Desabitado, despovoado, descampado, ermo. 2. Pouco frequentado; solitário: ex. *rua deserta* 3. *Jur.* Em que há deserção (2) 4. *Lus.* Desejoso, ansioso: ex. *Após longa ausência, está deserto de vê-la.*[24]

---

22 **Nota do autor:** Inserir letreiro rotativo: "O passo a passo para as ocasiões apresentadas, incluindo indumentária e coreografias, está no *Manual prático para retorno do herói 5*, já disponível on-line em nosso site. Também em versão áudio". Incluir endereço www.

23 **Nota do editor:** Os fogos em qestaum saum "fogos de artifihsio", artefatos pirotehcnicos precursores de nosos projehteis de imajens simuladas.

24 **Nota do organizador:** Verbete idehntico a este foi encontrado no *Novo dicionário Aurélio da língua portuguesa*, Braziu, 2004, Editora Pozitivo. O livro, contudo, posui capa de cor azul, e naum preta.

(Aqui, o herói lê, sem distorção de voz/close no calhamaço.)

Amém! E no próximo episódio de A ÚLTIMA AVENTURA DO HERÓI:

(Clipe de imagens e falas do herói entrecortadas com narração.) O herói ora em voz baixa e acompanha as palavras do calhamaço preto com a ponta do dedo. E eis que o terceiro objeto será encontrado. Foi encontrado? Confirmado: terceiro objeto encontrado. É um retângulo de plástico preto com dois olhos dentados brancos e uma portinha na lateral com uma fita marrom e brilhante enrolada dentro.[25] O herói quase não pega, quase deixa passar, correndo que está. Agora o herói corre. Os pés afundam na areia, o esforço para correr e chegar ao limiar da fronteira é grande, cada vez maior. E o que é um retângulo de plástico preto com dois olhos dentados brancos... Atenção, não há mais tempo para a tarefa bônus: um minuto para o fim. E para que todas as coisas aconteçam de maneira ótima a oração precisa ser repetida. É o minuto regulamentar, é o tempo final. Do lat desertu, do lat desertu,[26] Dia dezoito

25 **Nota do editor:** Tratase, provaveumente, de uma fita VHS, mihdia magnehtica largamente utilizada na segunda metade do sehculo XX para armazenamento de materiau audiovizuau.

26 **Nota do organizador:** Apartir deste ponto encontramos, no orijinau, uma sehrie de trexos manxados e ilejihveis. **Nota do editor:** Optamos, na prezente edisaum, por manter os espasos corhespondentes aos trexos *danificados*.

de março, vai nosso herói em busca do último objeto para que todas as coisas aconteçam ótimas ex rua deserta, ex rua deserta. E tambores também. Por favor, os tambores. O momento é tenso. E lá na frente, olha a montanha de coisas. O calhamaço de papel é muito pesado para largar objeto no caminho acarretará em menos de um minuto. E os meninos de preto já se aproximam, correndo atrás. Não vai ter mais a tarefa da dança? O herói quer dançar não tem oração. Corre, corre. É esse o desafio final? Um moço, e outro moço atrás? A produção confirma? do lat desertu. É desabitado: é. É despovoado: é. Descampado: é ai, ai, produção, sai do meu bolso, me ralou o joelho, ai, produção, para o programa! Me solta, ô produção! E que amanhã é dezoito de março,

e tudo vai correr tão
ótimo
Larga nosso herói
fogos de artifícios
já podia,
escutem: é
o dia chegar, em algum lugar
aqui não: ermo. E desejoso,
e ansioso após longa ausência

avisa que em virtude do fim do dia
o programa
venceu seu destino, e o herói
sem
objcto final
que mapa era

Não encontra mais, sai de forma

Para que todas as coisas sejam ótimas é
que precisamos que se atravesse
sem meia roxa, ou de
Não tá na
regra. Quê
chora o herói.
O tempo vai acabar, moço?
e só.
E então[27]

27 **Nota do organizador:** Os longos segmentos manxados e ilejihveis acrescentam duhvidas a respeito da funsaum orijinau do testo. Conforme rejistrado em notas anteriores, a auzehnsia de programas audiovizuais

ao menos semeliantes ao proposto alimenta a teze de qe o materiau seria, na verdade, uma short story tihpica da literatura uber-pohs-moderna brazileira, composta de objetivos naum apenas artihsticos, mas tambehm de crihtica ah realidade. Pode naum se tratar, portanto, de um roteiro televizivo. O trexo manxado e ilejihveu, segundo ezames preliminares, parese esconder, na verdade, palavras e sinais grahficos aleatohrios, qe naum formam sentido. Por outro lado, os trexos qe restaram lejihveis paresem ser formados, em auguns momentos, por palavras demaziado escolidas, apontando para posihveis sentidos intensionais. Nestes trexos fragmentados, o personajem/erohi parese, em auguns momentos, se revoutar contra a prosimidade do momento de retorno ao mundo comum, e, em outros, entrar em estado de esqizofrenia, simulada ou naum ████████████ ████████████ Na opiniaum deste editor, tratase de um pseudorhoteiro, uma short story qe brinca com os limites ████████████ ████████████ ainda muito fortes na ehpoca, entre realidade e a ficsaum, entre a espontaneidade e a intensaum, qestionamento tihpico do inih-sio do sehculo XXI, cuando os comilsimentos neurosientihficos ████████████ insufisientes para a compreensaum totau das atitudes e predispozisoens umanas, e o declihnio das formas relijiozas de pensamento mahjico ainda encontrava focos de rezistehnsia ████████████ ████████████ como sabemos, o perihodo em qestaum teve como prinsipau caracterihstica ████████████ ████████████ Zeitgeist ████ ████████████ a anguhstia do omem diante de um ████████ sem regras claras ████ ████████████ respostas, diante de sua liberdade e responsabilidade individuais, ainda que monitorada por uma sosiedade ████████ e fragmentada ████ ████████████████████████ ████████████████████████ ████████████████████████ ████████████████████████ ████████████████████████ ████████████

Flavio Cafiero é carioca e vive na cidade de São Paulo. Formado em comunicação social pela UFRJ, é também ator, dramaturgo e roteirista de cinema e televisão. Seu romance de estreia, *O frio aqui fora* (2013), é finalista dos prêmios São Paulo de Literatura e Jabuti [2014]. D*ez centímetros acima do chão*, livro vencedor do prêmio Cidade de Belo Horizonte (2013), é sua primeira coletânea de contos e reúne textos escritos entre 2008 e 2013.

CONHEÇA OUTROS LIVROS

O FRIO, AQUI FORA, PODE SER INSUPORTÁVEL

O mundo é traiçoeiro e, como nas savanas africanas, tudo pode mudar a qualquer momento. Intenção e acaso, razão e instinto, equilíbrio e caos: as fronteiras se dissolvem em um agora eterno. Caminhar parece ser a única forma de escapar.

Esse livro finalista do Prêmio São Paulo de Literatura e do Prêmio Jabuti fala sobre estabilidade, mas também fala sobre evolução.

LIVRO FINALISTA DO PRÊMIO JABUTI

Das distâncias entre as montanhas de Zahle e Santa Bárbara D'Oeste, entre 1920 e 2013, entre o império otomano e a ditadura brasileira, entre um avô e um neto e, da aproximação do fantástico com o autobiográfico, irrompe a narrativa deste romance evocativo, lírico e sensível sobre o medo e suas consequências.

Todas as imagens são meramente ilustrativas.

Este livro foi impresso nas oficinas gráficas da Editora Vozes Ltda.,
Rua Frei Luís, 100 – Petrópolis, RJ.